Peaceology

나와 인류와 지구를 살리는 평화학

숨쉬는 평화학

Peaceology

평범한 우리 모두가 실현하는 평화

숨쉬는 평화학

일지 이승헌 지음

한문화

SUN • Spiritual UN
지구 평화를 실현하고 정신문명을 열어나갈
1억의 지구인, 1억의 홍익인간, 1억의 파워 브레인을 위하여 …

사회 힐링과 지구 힐링을 통해 깨달음을 실천하는
전세계 지구인들의 영적인 연대
Spiritual Union of New Humans

정치적 이해를 넘어 지구사랑 인간사랑을 실천하는
비정부 민간운동기구들의 영적인 연대
Spiritual Union of NGOs

다민족이 지구인의 입장에서 서로 이해하고
인정함으로써 만들어지는 민족간, 국가간의 영적인 연대
Spiritual Union of Nations

차 례

평범한 우리 모두를 위한 평화

평화로운 세상에서 평화로운 삶을 영위하는 것은 인류의 궁극적인 소망이다. 평화라는 말이 우리에게 익숙한 까닭은 오랜 시간 동안 우리가 평화를 소원하고 찾아왔기 때문일 것이다.

정치인도 종교인도 학자도 미인대회에 나온 미인들까지도 자신의 가장 큰 의무와 책임은 지구와 인류의 평화라고 이야기한다. 대부분의 사람들이 평화를 원한다고 말하고, 많은 사람들이 평화를 위해 일하고 있다. 전쟁조차도 그 목적을 물으면 대부분 전쟁을 끝내기 위해서, 혹은 '평화를 위해서'라고 말한다.

한때 세계를 두 개의 적대 진영으로 나누었던 공산주의와 자본주의의 궁극적인 지향점도 인류의 평화와 안녕이었다. 하지만 이러한 이데올로기 경쟁은 전쟁의 위협과 공포와 분열만 낳았을 뿐이다. 20세기와 더불어 체제간, 이

넘간 대립이 끝났다고는 하지만 아직 지구상에는 극복해야 할 대립과 갈등이 너무나 많이 남아 있고, 치유해야 할 상처 또한 너무나 많다.

특히 갈등의 골이 깊은 것은 종교이다. 평화에 대한 오랜 약속과는 달리 종교는 지구상의 가장 큰 분쟁과 갈등의 원인이 된 지 이미 오래다. 인류는 과학, 철학, 정치학, 사회학, 경제학, 의학 등 많은 학문을 통해 평화와 복지를 연구해왔지만, 아직도 평화의 실체는 우리 손에 잡히지 않는다. 평화에 대한 학술적인 논의나 연구는 대부분 정치나 종교적인 측면에서 평화를 관찰하고 분석했을 뿐, 개개인의 구체적인 삶과 평화와의 관계에는 관심을 기울이지 않았다.

평화를 기원하고 평화를 이야기하고 평화를 연구한다고 해서 평화가 이루어지지 않는다는 것을 우리는 알고 있다. 또 평화가 일부 정치인이나 종교인, 학자에 의해 이루어지지 않는다는 것도 너무나 잘 알고 있다. 평화의 주체는 정치나 종교가 아니다. 지구에 평화가 정착되지 않는 책임을 정치인이나 종교인, 학자나 신神에게 물을 수는 없다. 평화를 실현하는 것은 평화를 진정으로 사랑하는 사람들의 몫이다. 평화의 주체는 우리 모두이고 나 자신이다.

내가 행복한 삶을 원한다면 스스로 행복을 만들어야 한다. 마찬가지로 내가 평화로운 삶을 원한다면 내가 평화를 실현해야 하는 것이다. 평화는 누구에게 부탁하거나 미루어서 될 일이 아니다.

인간으로서 존경받는 삶을 원하고 영적인 존재로서 품위있는 죽음을 원한다면 평화를 제대로 알고 실천해야 한다. 인간의 존엄성은 오직 평화의 기반 위에서만 지켜질 수 있기 때문이다. 평화의 정확한 기준과 가치를 깨닫고 아는 것, 이것은 평화 시대를 원하고 평화를 추구하는 사람들이 해야 할 기본적인 의무이다.

평화란 무엇인가?

정말로 인류가 평화를 원하고 있는가?

그 동안 인간이 추구했던 평화의 실체는 무엇인가?

평화의 목적은 무엇이며 평화는 인류에게 무엇을 가져다줄 것인가?

평화의 주체는 누구이며 평화의 대상은 누구인가?

지금 지구상에 존재하는 모든 갈등과 대립을 우리는 어떻게 극복할 수 있는가?

평화를 위한 종교, 평화를 위한 정치, 평화를 위한 경제를 어떻게 실현할 수 있는가?

교육과 문화, 건강 등 우리 삶의 실질적인 영역에서 평화를 구체화할 수 있는 방법은 무엇인가?

나는 이 책을 통해 평화에 대한 모든 것을 말하려고 한다. 그리고 이 책의 메시지에 공감하는 많은 사람들이 사회를 치유하고 지구 평화를 실현하는 운동에 동참하기를 희망한다. 사회를 치유하고 인류 평화를 실현하는 것이 인간완성의 유일한 방법이며, 인류의 영적 진화를 위해 반드시 거쳐야 할 관문이기 때문이다.

이 책은 학술서가 아니다. 나는 평화에 대한 학문적인 분석을 하려는 것이 아니다. 평화에 대한 연구와 논의는 넘쳐나지만 어쩌면 우리는 가장 근본적이고 중요한 문제는 접어둔 채 변죽만 울리고 있는지도 모른다. 무엇보다 평화는 사람의 문제이기 때문이다.

평화를 사랑하고 체험하는 존재로서의 자신의 실체에 대한 자각이 없으면 결국은 평화의 그림자만 좇게 될 뿐이다. 제도와 시스템의 변화에 앞서 사람이 달라져야 한다. 그것도 한두 사람이 아니라 인류 문명의 방향을 바꿀 수 있을 정도로 많은 수의 사람이 달라져야 한다. 이것이 내가 '힐링 소사이어티 운동'을 통해 하고자 하는 일, 바로 '깨달음의 대중화'이다.

평화는 또한 실천의 문제이다. 자신이 평화를 생각하고 평화에 대해 말하고 있다고 해서 실제로 지구 평화에 기여하고 있다고 착각해서는 안 된다. 평화는 말과 생각으로 이루어지는 것이 아니라 자기 자신, 가족과 이웃, 더 나아가 사회 전체에 이르기까지 사람들의 몸과 마음과 영혼을 치유하는 실천 운동을 통해서 이루어지는 것이다. 나는 이 책을 통해 이러한 실천 운동에 필요한 철학적 기반과 구체적인 방법론, 그리고 지구 평화 실현을 위한 비전을 제시하고자 한다. 이것이 바로 '평화학'이 하려는 것이다.

평화학은 이 시대를 살아가는 모든 사람들에게 영적인 생명의 원천이 될 것이고 건강의 기준이 될 것이다. 평화학은 어느 한 국가나 종교가 아니라 지구를 중심으로 하는 철학이다. 평화학은 학자나 정치가나 종교가나 그 어떤 전문가를 위한 것이 아니라 평화 시대를 소망하고 인류의 평화를 원하는 모든 사람을 위한 것이다.

평화학은 어려운 개념이나 학설이 아니다. 평화학은 평화를 사랑하는 모든 사람이 깨닫고 터득하고 활용해야 할 상식이요 행동의 지침이다. 국가나 종교가 아니라 지구를

중심으로 삼는 평화학, 생각과 말로 하는 평화학이 아닌
행동하는 평화학만이 인류를 건강하게 하고 지구를 아름
답게 만들 수 있다.

2002년 3월 5일
미국 세도나 마고가든에서 일지 이승헌

우리의 숨쉬기가 그러한 것처럼 이 세상에
평화만큼 쉬운 것도 없고 평화만큼 간절한 것도 없다.

평화와 평화학

평화란 무엇인가? 우리에게 평화는 왜 필요한가? 평화를 어떻게 이룰 수 있는가?

이러한 질문들에 대한 답을 제시하는 것이 평화학이다. 평화학은 현재 인류가 직면한 평화의 위기에 대한 진단과 처방이다.

평화학은 깨달음을 바탕으로 평화의 정확한 의미와 기준을 제시하고, 평화를 이루기 위한 방법을 제시하며, 평화를 이루고자 하는 모든 사람들의 마음을 하나로 모을 수 있는 평화의 비전을 제시한다.

평화학은 이 지구상에 존재하는 모든 대립과 갈등을 화해시키고 통합시키는 조화의 철학이고 조화의 힘이다. 평화학의 이러한 철학과 방법과 비전 속에서 평화, 지구, 영혼, 뇌, 몸은 모두 하나로 연결된다. 평화학은 조화의 철학을 중심으로 몸과 마음을 건강하게 하고 뇌를 깨우고 영혼을 각성시켜 지구 평화를 실현하고자 하는 종합학문이고 인간완성학이다. 평화학은 나와 사회와 인류를 살리는 길이다.

평화학의 개요

평화학의 철학 ● 삼원 조화의 철학

평화학의 원리 ● 공전과 자전의 원리

　　　　　　　구심력과 원심력의 원리

　　　　　　　공평과 평등의 원리

평화학의 방법 ● 평화로 가는 첫 번째 사다리: 주체의 자각

　　　　　　　평화로 가는 두 번째 사다리: 파워있는 뇌, 뇌호흡

　　　　　　　평화로 가는 세 번째 사다리: 깨달음, 영혼의 각성

　　　　　　　평화로 가는 네 번째 사다리: 지구, 지구인

평화학의 비전 ● 평화로 가는 다섯 번째 사다리: 지구인 공동체 SUN

숨쉬는 평화학

평화의 참 의미

평화를 다시 생각하기

평화란 무엇인가? 우리가 정말 평화를 원하는가? 평화는 왜 필요한가?

어찌 보면 너무도 당연해서 굳이 답할 필요도 없는 질문 같지만, 정작 우리는 평화에 대한 분명한 정의조차 아직 갖고 있지 못하다. 나라마다 종교마다 집단마다 제각기 원하는 평화는 있을지 모르나, 인류 전체가 동의하고 공유할 수 있는 보편적인 평화의 정의는 아직 없다. 그토록 오랫동안 추구해왔건만 아직도 지구에 평화가 실현되지 않은 이유는 무엇인가? 어쩌면 우리가 평화가 무엇인지 정확히 알지 못하고 있거나 평화가 아닌 것을 평화라고 착각하고 있기 때문인지도 모른다.

지금까지 평화는 주로 정치나 종교의 문제로 다루어져 왔다. 평화는 개인이 고민하기에는 너무나 큰 주제이고, 개인이 노력한다고 실현할 수 있는 것도 아니라고 생각되었기 때문이다. 그러나 국가나 종교를 중심으로 한 평화, 정치적 이념이나 종교적 신념을 중심으로 한 평화는 불완전한 평화이다.

국가나 종교를 중심으로 한 평화는 평화가 아니라 가장 큰 분쟁의 요인이 되어왔음을 우리는 인류 역사를 통해 확인할 수 있다. 인류의 의식이 정치적 이념이나 종교적 믿음의 한계를 넘지 못할 때, 그래서 각자 자기의 기준에서 자신이 원하는 평화를 고집할 때, 그것은 결국 평화와는 거리가 먼 분쟁과 갈등의 요인이 되고 만다.

지금까지 평화는 신神이나 깨달음과 마찬가지로 저기 먼 곳에 있는 목표로서, 우리가 늘 소망하고 추구해야 할 대상으로만 인식되었다. 그런 만큼 평화는 추상화되고 관념화되었으며 우리로부터 멀어졌다.

지금 우리에게 필요한 것은 평화를 이론적으로 이해하는 것이 아니다. 우리에게 정말로 필요한 것은 우리 스스로가 평화로워지는 것이고, 우리 스스로가 평화의 존재가 되는 것이다. 이것은 평화를 연구하고 이해해서 되는 일이 아니라 평화를 체험할 때만 가능한 일이다. 자신 안에 있는 무한한 평화의 힘을 체험하지 않고서는 자신도 평화로울 수 없고, 다른 사람에게 평화를 전할 수도 없다.

평화는 우리 삶과 멀리 떨어진 추상적인 개념이 아니다. 우리의 생명 자체가 평화이다. 가장 단순하고 근원적인 생명 현상인 호흡 그 자체가 평화이다. 1분이라도 숨을 멈추면 어떻게 될까? 숨을 들이마시기만 하고 내쉬지 않거나, 내쉬기만 하고 들이마시지 않는다면 우리 몸은 결코 평화로울 수 없다.

평화는 호흡이다. 호흡 속에는 순환이 있고 리듬이 있고 균형이 있다. 호흡을 통해 우리 몸에서 이산화탄소가 나가고 산소가 들어온다. 이러한 순환이 없으면 우리의 생명 자체가 유지되지 않는다. 호흡뿐 아니라 우리 몸의 기본적인 생명 활동 자체가 이러한 순환에 의해 유지된다. 우리의 생명은 물질과 에너지와 정보의 순환을 통해 유지된다.

호흡은 또한 자기 고유의 리듬을 가지고 있다. 때로는

늦게 때로는 빠르게 몸의 필요에 따라 스스로 리듬을 조절한다. 호흡은 그 자체가 완벽한 균형이다. 들어온 만큼 나가고 나간 만큼 들어온다. 들어온 것을 안 내보내겠다고 부여잡거나 나간 것을 못 들어오게 하겠다고 막으면 생명이 유지될 수 없다. 받은 만큼 주고 준 만큼 받는, 정확하고 균형 잡힌 거래 속에 건강한 생명이 유지된다. 이러한 순환과 리듬과 균형이 조화를 이루어 '생명체'라는 살아 있는 질서를 만든다. 이것이 우리 몸과 마음의 건강과 평화를 만든다. 평화는 곧 건강하고 조화로운 생명의 질서이다.

평화는 인간의 본능이고 생명 현상의 본질이며, 우주의 법칙이고 진리이다. 평화는 바로 우리의 본성이다. 그만큼 평화는 신비롭고 어렵고 추상적인 것이 아니라 자연스럽고 편하고 쉬운 것이다. 우리의 숨쉬기가 그러한 것처럼, 이 세상에서 평화만큼 쉬운 것도 없고, 동시에 평화만큼 간절한 것도 없다. 자연과 생명 현상 속에 담긴 건강과 조화의 원리를 사회에 적용하면 사회 전체가 평화로워진다. 자연에 내재된 건강과 조화의 원리를 사회적 차원으로 확장하여 일반화한 것이 바로 이 책에서 말하고자 하는 '평화학의 기본 원리'이다.

우리는 진정 평화로운가?

평화의 세 가지 기본 원리

평화는 건강하고 조화로운 생명의 질서이다. 질서의 핵심은 중심과 법칙이다. 분명한 구심점이 있고, 그 구심점을 중심으로 모든 부분이 일정한 법칙에 따라 움직일 때 비로소 질서가 유지될 수 있다. 이때 구심점은 모든 대립과 갈등을 통합할 수 있는 진정한 중심 가치여야 한다. 또한 질서를 유지하는 룰rule은 공평하고 의로운 공의公義의 법칙이며 공존 공영의 법칙이어야 한다. 그렇게 될 때에만 모두가 받아들일 수 있고, 모두를 이롭게 할 수 있는 건강하고 조화로운 질서가 만들어진다.

조화로운 질서를 만드는 세 가지 기본 원리가 공전과 자전의 원리, 구심력과 원심력의 원리, 공평과 평등의 원리이다. 이 세 가지가 건강하고 조화로운 생명의 질서를 만드는 원리이자 힘이며 곧 평화의 원리이다. 우리가 숨을 편안하게 쉴 수 있고 건강을 유지할 수 있는 것도 우리 몸에서 이 원리들이 잘 지켜지고 있기 때문이다.

공전과 자전의 원리 공전과 자전의 원리는 전체(또는 중심)

를 기준으로 한 궤도운동인 공전과 개인의 성장이라는 자전이 조화롭게 하나로 연결되는 것을 말한다. 이러한 조화가 이루어지려면 자전을 하는 개인이 공전이라는 큰 질서를 잃지 않아야 한다.

지구는 자전하면서 또한 태양의 주위를 돈다. 지구의 자전도 태양계의 운행이 원활하기 때문에 가능한 것이다. 태양계의 질서가 깨진다면 지구의 자전도 성립할 수 없다. 마찬가지로 개인이 속해 있는 사회 전체를 이롭게 하지 않는 개인의 성장은 한계를 갖기 마련이다. 공전에 대한 의식이 있을 때 개인의 이익보다 전체의 이익을 먼저 생각할 줄 알고 중심과 룰을 지킬 줄 안다.

구심력과 원심력의 원리 구심력과 원심력의 원리는 부분의 운동 에너지가 전체(또는 중심)의 운동 에너지와 조화를 이루어야 함을 의미한다.

구심력은 원심력에 의해 현실화되는 힘이고, 원심력은 구심력의 존재를 전제로 했을 때 발휘될 수 있는 힘이다. 원심력이 없으면 구심력은 잠재적으로만 존재할 뿐 현실적인 힘으로는 존재하지 않는다.

반면 원심력이 구심력보다 더 크면 부분은 전체에서

떨어져나가 버린다. 결국 전체의 조화로운 운동을 위해서 원심력은 구심력에 맞추어 스스로를 조절해야 하는 것이다. 구심력과 원심력의 균형이 맞을 때만 전체 시스템의 운동이 유지된다.

공평과 평등의 원리 공평과 평등의 원리는 각 부분의 차이에 대한 공정한 평가를 근거로 전체의 균형이 유지되어야 함을 의미한다. 차이에 대한 공정한 평가가 전제되지 않았을 때 평등은 기계적이고 비생산적인 평준화로 전락해버리고 만다. 이것은 마치 어른과 아이에게 똑같은 양의 밥을 주고 똑같은 양의 일을 하라는 것과 같다. 그렇기 때문에 그냥 평등이 아니라 공평을 전제로 한 평등이 되어야 하는 것이다.

이 세 가지 법칙은 한 개의 원자에서부터 인류 사회와 은하계에 이르기까지, 여러 개체가 한 무리를 이루어 돌아갈 때, 모든 구성 요소들이 지켜야 할 행동의 룰이 무엇인지를 알려준다. 이 룰이 제대로 지켜질 때 전체가 정상적으로 기능할 수 있다.

중심에 맞추지 않고 궤도를 지키지 않으면 다른 것과

충돌하게 되고(공전과 자전), 속도를 제대로 맞추지 않으면 궤도를 벗어나게 되고(구심력과 원심력), 차이에 대한 공정한 평가가 없으면 균형과 조화를 유지할 수 없다(공평과 평등). 모든 생명 활동 역시 이러한 법칙들을 지키기 때문에 유지된다. 우리의 몸 자체가 그러한 법칙이 지켜짐으로써 유지되는 하나의 질서이고 조화이다.

공전과 자전, 구심력과 원심력, 공평과 평등은 우주가 운행되는 원리로서 하늘의 마음을 표현한 것이다. 이 세 가지 법칙이 지켜질 때 질서와 조화가 유지되고, 일그러질 때 혼란과 다툼이 생긴다. 이러한 법칙을 지키지 않는 어떤 운동도 결코 오래 가지 못 한다. 유기체 전체를 생각하지 않는 세포, 조직이나 공동체를 생각하지 않는 개인, 지구 전체의 생명의 질서를 생각하지 않는 인류는 존속할 수 없다. 그것이 질서이고 원리이며 도道의 작용이다.

평화의 실현 : 조화 원리의 회복

지금 우리가 겪는 평화의 위기는 '공전과 자전, 구심력과 원심력, 공평과 평등'이라는 조화의 원리를 잃어버린 데서 비롯되었다. 조화의 원리를 잃어버린 결과가 나(개체)와 세계(전체)를 분리해서 보는 이원론적 세계관이고, 전체의 유익보다 자신의 이익을 먼저 생각하는 이기심이고 개인주의이다. 이것이 곧 타락이다.

타락이란 우리가 조화의 원리를 잃어버린 것을 의미한다. 먹지 말라는 '사과'를 먹은 것이 타락이 아니다. 평화의 원리이자 우주 질서의 법칙인 조화의 원리를 잃어버린 것이 타락이다. 이기심과 개인주의가 곧 타락성이다. 그 결과가 현재 우리가 직면한 평화의 위기이고 문명의 위기이며, 인간 존엄성의 위기이고 인류 생존의 위기이다.

조화의 원리를 잃어버리고 이기심과 개인주의에 빠진 것이 타락이라면, 조화심을 찾고 조화의 원리를 회복하는 것이 우리의 본성을 찾는 것이고 평화를 실현하는 길이다. 조화의 원리를 회복하는 것은 거저 이루어지는 일도 아니고, 선물로 주어지는 것도 아니다. 우리의 자각의 문제이고 선택의 문제이다. 결국 문제의 핵심은 사람이고 나 자신이다.

평화는 한두 사람이 자각한다고 해서 실현되지 않는다. 평화를 실현하기 위해서는 이러한 자각과 선택을 어떻게 대중화하고 일반적인 상식으로 만들 수 있는지가 중요하

다. 그렇기 때문에 결국 평화학이 제시하는 방법론의 중심
은 교육일 수밖에 없다. 근본적으로 사람이 달라지지 않으
면 아무리 제도를 개선하고 시스템을 향상시켜도 결과적
으로는 시간과 돈의 낭비에 지나지 않음을 우리는 수없이
보아왔다.

나는 이러한 생각을 앞서 출간한 책 『힐링 소사이어티
Healing Society』에서 '깨달음만이 희망이다'라는 말로 표현
하였다. 새로운 세계관을 체험적으로 이해하고 받아들이
게 하는 교육, 각 개인의 성품을 근원적으로 바꿀 수 있는
교육, 깨달음을 일반화하고 대중화하고 상식화할 수 있는
교육이 있을 때, 비로소 새로운 철학과 새로운 세계관은
현실적인 힘을 갖는다.

깨달음은 타락성을 벗고 본성을 회복하는 것이다. 깨달
음은 자신 안에서 조화의 원리인 자연 법칙을 발견하는 것
이고, 평화의 의미와 기준을 아는 것이다. 깨달음은 선택
이다. 원래 우리 안에 있는 본성을 발견하는 것이고, 자신
의 참모습을 자기라고 인정하는 것이다. 자신의 실체가 자
신의 몸이나 인격이 아니라, 자신의 신성이고 양심이고 영
혼임을 아는 것이다. 또한 평화와 조화가 자신의 본래 성
품임을 아는 것이다.

　깨달음의 증거는 생각과 행동의 변화이다. 행동하지 않는 깨달음, 실천이 없는 깨달음은 가짜이고 죽은 것이다. 깨달음을 통해 발견한 조화의 원리와 자연 법칙이 사고의 법칙이 되고 행동의 법칙이 될 때 그 깨달음은 진정한 깨달음이다. 그럴 때 습관이 바뀌고 성품이 바뀌며 조화롭고 평화로운 성품이 만들어진다. 자기만 알고 자기 이익만 생각하는 이기심과 개인주의가 세상을 널리 이롭게 하는 홍익 정신으로 바뀌는 것이다.

　깨달음은 우리의 사고와 행동에 어떤 변화를 가져오는가? 첫째, 삶의 목적이 성공에서 완성으로 달라진다. 둘째, 인간 관계의 방식이 지배에서 존중으로 달라진다. 셋째, 거래 방식이 경쟁에서 화합으로 달라진다. 넷째, 재산 개념이 소유에서 관리로 달라진다. 다섯째, 이익 개념이 사익에서 공익으로 달라진다. 깨달음이 상식이 되는 사회는 이러한 새로운 삶의 원칙이 당연시되는 사회이다.

　모든 사람이 조화의 원리를 회복하고 평화의 본성을 되찾을 때, 그리고 조화의 원리와 자연의 법칙이 상식이 될 때, 자연의 법칙에 맞지 않는 억지가 사라진다. 모든 사람이 무엇이 진리인지, 어떻게 사는 것이 바른 삶인지 알 때, 억지를 부리는 사람이 부끄러워질 것이다. 억지는 다른 사람들이 억지가 억지인 줄 모를 때 통하는 것이다. 진리가 상식이 되고 원리가 습관이 되면 거짓이 사라지고 억지가 사라진다. 억지가 통하지 않을 만큼 사람들의 의식이 밝아진 세계가 진정한 광명 세계이다. 그것은 본성이 다스리는 세계이고 양심이 다스리는 세계이며, 조화의 원리가 지켜지는 조화의 문명이다.

어떻게 평화를 실현할 것인가?

평화학은 조화의 문명을 열기 위한 철학이고 방법론이며 비전이다. 평화학은 새로운 평화의 철학을 중심으로 뇌를 깨우고 영혼을 각성시켜 지구 평화를 실현하고자 하는 인간완성학이다. 평화학은 모든 가치들의 가치를 평가하는 보편적인 가치 기준이고, 영적 완성을 위한 방법론이며, 모든 학문을 통합하고 완성하는 종합 학문이다.

평화학은 평화를 개념적으로 분석하는 것이 아니다. 평화학은 이 지구상에 평화를 구체적으로 실현하기 위한 실천 학문이다. 그렇기 때문에 평화학에는 원리가 있고 방법이 있고 지구 평화를 실현하기 위한 과정과 단계가 있다. 실천 학문으로서의 평화학이 제안하는 지구 평화의 실현

과정은 다섯 단계로 이루어져 있다. 이 다섯 단계는 말하자면 지금의 인류 문명을 평화의 실현으로 연결시켜 주는 사다리와 같다.

첫 번째 사다리 : 주체의 자각

평화의 주체는 사람이다. 여기서의 사람은 특정한 전문가 집단이나 '누군가'가 아니다. 바로 나와 너, 한 사람 한 사람이 평화의 주체이다. 평화는 누구에게 미루거나 맡길 수 있는 것이 아니다. 평화는 평화에 대해 생각하거나 평화를 위해 기도한다고 이루어지는 것도 아니다. 평화는 누구에게 배우거나 받는 것이 아니라, 내 안에서 발견하여 나의 삶을 통해 실현하는 것이다. 그렇기 때문에 평화에는 전문가가 따로 없다. 진정으로 인간을 사랑하고 지구를 사랑하고 평화를 사랑하는 사람이 평화의 전문가이다. 평화 시스템의 첫 단계는 바로 '내'가 평화를 실현할 주체임을 깨닫는 것이다.

이러한 자각은 평화를 철학적으로 설명하고 학문적으로 분석해서 되는 것이 아니다. 평화학은 사람들로 하여금 자신이 어떻게 숨을 쉬며 자신의 생명이 어떻게 유지되는

지 보게 한다. 그리하여 우리의 세계관과 삶의 방식이 자연스러운 생명의 법칙과 얼마나 모순되는지를 보고 느끼게 해준다. 파괴되는 자연환경, 격화되는 경쟁, 황폐해져 가는 인간 관계와 생활 문화 등 현재 인류 문명의 전체적인 모습 그 자체가 지금 우리 삶의 방식이 갖는 한계와 문제가 무엇인지를 명백하게 보여준다. 너무도 명백한 모순을 우리는 마치 최면에 걸린 사람들처럼 오랜 세월 외면해온 것이다. 평화학은 그러한 모순에 눈뜨게 하고, 스스로를 돌아보게 하고, 자신의 삶의 방식을 다시 선택할 수 있게 한다.

두 번째 사다리 : 파워있는 뇌, 뇌호흡

우리가 자신 안에 있는 평화의 본성을 발견하고 평화를 실현할 수 있는 힘을 키우는 가장 빠른 길은 자신의 뇌를 깨우고 뇌와 대화하고 뇌를 활성화하는 것이다. 평화학이 뇌에 집중하는 것도 평화를 실현할 수 있는 힘이 뇌에 있기 때문이다.

뇌를 활성화하기 위해 개발한 수련법이 바로 뇌호흡이다. 뇌호흡은 평화를 위한 호흡법이다. 뇌호흡은 쉽고 편하고 자연스러운 호흡이다. 뇌호흡의 핵심은 뇌에 맑고 밝은 에너지와 좋은 정보를 공급해 파워있는 뇌를 만드는 것이다. 파워있는 뇌는 창조적이고 평화적이고 생산적인 뇌이다. 파워있는 뇌는 자신의 본성이 평화임을 자각한 뇌이고, 그렇기 때문에 평화를 위해 창조적이고 생산적인 일을 한다.

뇌의 생명은 정보이다. 뇌는 정보로써 일한다. 그렇기 때문에 어떤 종류의 뇌인지를 판단하는 가장 중요한 기준은 '어떤 종류의 정보를 생산하는가' 이다. 평화적인 뇌, 즉 골드 브레인Gold Brain은 신성의 소리를 듣고 양심적으로 살아가는 뇌이며, 긍정적인 정보를 생산하여 자기를 '힐링(healing, 치유하고 살린다는 뜻)' 하고 사회를 힐링하는 뇌이다.

반면 반反평화적인 뇌, 다크 브레인Dark Brain은 관념과 습관이라는 가아假我의 벽에 부딪혀 진아眞我의 목소리를 듣지 못하는 뇌이고, 자신의 이익만을 위해 사용되는 뇌이다. 이러한 뇌는 부정적인 정보를 만들어 내어 자기 자신은 물론이고 주위까지 '킬링killing' 하는 뇌이다.

인류가 어떤 뇌를 가지고 있는지가 바로 평화의 열쇠이다. 파워있는 뇌가 평화를 실현할 수 있는 가장 강력한 도구이다. 파워 브레인Power Brain이 모여 건강한 사회를 만들고 건강한 문명을 만든다.

세 번째 사다리 : 깨달음, 영혼의 각성

뇌호흡을 통해 뇌가 창조적이고 생산적이며 평화적인 파워를 갖게 되면 무엇이 감정과 욕망과 사회적 관념에서 나온 가아의 목소리이고, 무엇이 진정으로 참자아가 원하는 것인지 알게 된다. 나아가 참자아가 원하는 것을 실천할 수 있는 힘을 갖게 된다.

본래의 순수한 영혼을 진아 혹은 참자아라고 한다면, 영혼에 덧씌워진 정보의 껍데기는 가아이다. 현재 물질문명이 보여주는 경쟁과 대립, 분열과 지배의 뿌리인 이원론적 사고 방식 역시 우리의 가아를 구성하는 정보의 일부이다.

깨달음은 뇌에 들어와 있는 관념적 정보들이 아니라 영혼이 자신의 실체이고 주인임을 아는 것이다. 영혼이 자신의 실체임을 알기 때문에 삶의 목적이 달라지고 가치 기준이 달라지게 된다. 주인이 바로 섰기 때문에 더 이상 정보의 노예로 정보에 지배당하는 것이 아니라, 정보의 주인으로서 삶의 목적을 위해 정보를 활용할 수 있게 된다. 그리고 인간의 본성이 궁극적으로 평화임을 알게 되고 평화를 실현하는 것이 영적인 완성의 길임을 알게 된다.

네 번째 사다리 : 지구, 지구인

참자아를 자각하게 되면 내 안에 영혼(신성)이 있듯, 다른 사람에게도 영혼이 있음을 알게 된다. 그리고 그 영혼은 곧 이 지구의 영혼과 하나로 연결되어 있음을 깨닫게 된다. 이때 비로소 개인은 자신의 한계를 넘어 모든 인류를 이롭게 하고 지구 평화를 실현하고자 하는 의지를 갖게 되고, 사회 힐링과 지구 힐링에 참여하게 된다.

바로 이와 같은 사람이 지구인이다. 지구인은 평화를 사랑하고, 영적 완성을 삶의 목적으로 삼으며, 지구를 가치의 중심으로 삼는 사람이다. 지구인은 평화를 찾는 사람이 아니라 평화를 실현하는 사람이며, 평화를 구걸하는 사람이 아니라 평화를 베푸는 사람이다. 우리 자신이 지구인임을 알 때 자신의 영혼과 지구의 영혼이 하나임을 깨닫게 된다. 그리하여 지구를 절대적인 중심 가치로 세우게 될 때 지구와 인류를 힐링할 수 있고 지구 평화가 실현된다.

파워있는 뇌, 평화적이고 창조적이고 생산적인 뇌가 모여 사회를 치유하고 지구를 치유하여 지구 평화를 실현하고자 하는 운동이 힐링 소사이어티 운동이고 지구인 운동이다. 지구인 운동은 홍익 정신이라는 건강한 철학을 바탕으로, 자신과 자신이 속한 사회와 인류 전체를 건강하게 하고 지구 평화를 실현하고자 하는, '지구사랑 인간사랑'의 실천 운동이다.

다섯 번째 사다리 : 지구인 공동체 SUN

평화학의 목적은 지구 평화를 실현하고 새로운 정신문명의 시대를 여는 것이다. 정신문명이란 지구의 영혼과 만나, 지구를 중심 가치로 세운 지구인들이 조화와 화합, 상생의 법칙으로 공존 공영하는 문명이다.

정신문명은 지금과 같은 물질문명의 반대편에 있는 문명이 아니라, 물질문명의 모든 성과를 포함하면서 그것을 넘어선 성숙하고 '철든' 문명이다. 정신문명은 조화의 문명으로서, 강제력으로 다스려지는 문명이 아니라 자연 법칙과 조화의 원리에 의해 다스려지는 문명이다. 또한 '공전과 자전, 구심력과 원심력, 공평과 평등'이라는 조화의 원리가 모든 질서의 근본이 되는 문명이다.

지구 평화를 실현하고 정신문명을 창조하는 것은 한두 사람이나 몇몇 조직이 할 수 있는 일이 아니다. 이것은 지구 곳곳에서, 민족과 사상과 문화의 차이를 넘어선 모든 지구인들의 영적인 연대가 이루어질 때 비로소 가능한 일이다. 지구인연합Earth Human Alliance은 이러한 연대를 이끌고 그 활동들을 조직화하기 위해서 만들어졌다.

이 연합체는 2001년 제1회 휴머니티 컨퍼런스에서 1만 2천 명의 지구인 선언을 시작으로 조직되었다. 지구인연합은 사회 힐링과 지구 힐링을 통해 자신의 깨달음을 실천하는 전세계 지구인들의 영적인 연대Spiritual Union of New Humans이다.

또한 이것은 국가의 정치적 이해를 넘어서 지구사랑 인간사랑을 실천하는 비정부 민간운동기구들의 영적인 연대 Spiritual Union of NGOs로, 궁극적으로는 여러 민족들이 같은 지구인의 입장에서 서로를 이해하고 인정함으로써 만들어지는 민족간, 국가간의 영적인 연대Spiritual Union of Nations로 성장해 나갈 것이다.

SUN은 단순히 하나의 새로운 국제기구를 의미하는 것이 아니다. SUN이 상징하는 것, 그리고 SUN이 대표하는 것은 지구 평화를 실현하고 정신문명을 열어나갈 1억의 지구인, 1억의 홍익인간, 1억의 파워 브레인이다.

자연의 조화와 질서의 법칙에 바탕을 둔 평화의 원리, 그러한 원리를 현실화하고 대중화하는 방법인 뇌호흡과 힐링 소사이어티 운동, 마지막으로 지구 평화를 열망하는 모든 사람들의 마음을 하나로 모을 수 있는 명확한 비전인 지구인연합과 SUN, 이것이 평화학이 전하고자 하는 핵심 메시지이나.

평화학의 이러한 원리와 방법과 비전 속에서 평화, 지구, 영혼, 뇌, 몸은 모두 하나로 연결된다. 평화학은 새로운 평화의 철학을 중심으로 몸과 마음을 건강하게 하고, 뇌를 깨우고 영혼을 각성시켜 지구 평화를 실현하고자 하는, 종합 학문이고 인간완성학이다. 평화학은 나와 사회와 인류를 살리는 길이다.

평화 시대를 여는 다섯 단계

1. 평화의 위기는 인간이 조화의 원리를 잃어버린 데서 비롯되었다. 조화의 원리를 잃어버린 결과가 이원론적 세계관이고 이기심이고 개인주의이다. 그 결과가 평화의 위기이고 인류 생존의 위기이다.

2. 평화의 열쇠는 뇌이고, 파워있는 뇌가 평화를 실현하는 가장 강력한 도구이다. 파워있는 뇌는 창조적이고 평화적이고 생산적인 뇌이다. 평화를 실현하는 힘은 깨달음의 의식과 파워 브레인의 수이다. 파워 브레인을 만드는 방법이 뇌호흡이다. 뇌호흡은 깨달음의 호흡이고 평화를 위한 호흡이다.

3. 깨달음은 자신 안에서 조화의 원리인 자연 법칙을 발견하는 것이고 평화의 의미와 기준을 아는 것이다. 깨달음을 통해 발견한 조화의 원리와 자연 법칙이 사고의 법칙이 되고 행동의 법칙이 될 때, 그 깨달음은 진정한 깨달음이다. 깨달음을 통해 우리는 스스로가 지구인임을 안다.

4. 지구인은 파워있는 뇌를 가진 사람이고, 평화의 본성을 자각하고 조화의 원리를 회복한 사람이다. 파워있는 뇌가 모여 사회를 치유하고 지구 평화를 실현하고자 하는 인간사랑 지구사랑의 실천 운동이 힐링 소사이어티 운동이고 지구인 운동이다.

5. 평화를 실현하고 새로운 차원의 정신문명 시대를 열기 위한 지구인의 결집체가 SUN이다. SUN은 1억의 지구인, 1억의 파워 브레인을 대표한다. 1억의 파워 브레인이 평화를 실현하는 실질적인 힘이다.

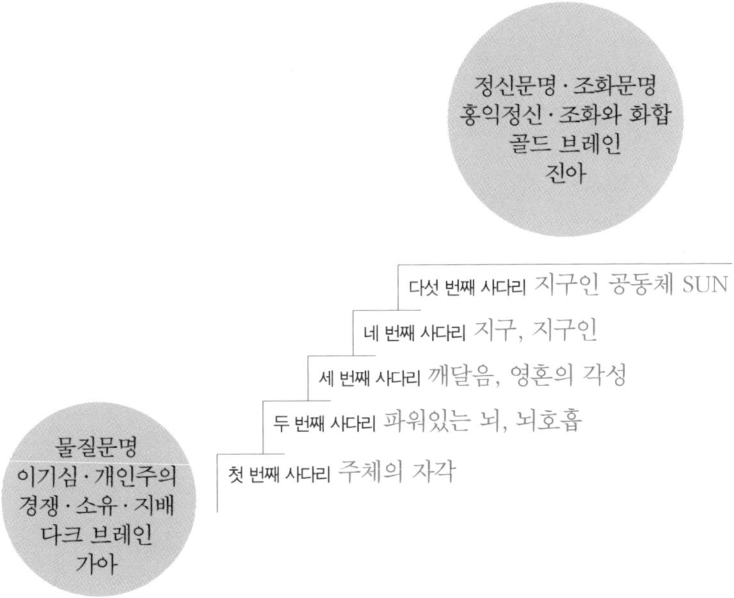

정신문명·조화문명
홍익정신·조화와 화합
골드 브레인
진아

다섯 번째 사다리 지구인 공동체 SUN

네 번째 사다리 지구, 지구인

세 번째 사다리 깨달음, 영혼의 각성

두 번째 사다리 파워있는 뇌, 뇌호흡

첫 번째 사다리 주체의 자각

물질문명
이기심·개인주의
경쟁·소유·지배
다크 브레인
가아

자신의 영혼을 깨달은 사람만이 진정한 평화를 알 수 있다.
오직 평화로운 사람만이 평화를 실현할 수 있다.

평화를 실현하는 철학과 방법

인간의 가치와 운명을 결정하는 것은 뇌이다. 인간이 자기 뇌의 주인이 되지 못하면 관념과 감정에 지배당하게 되고, 부정적인 정보에 쉽게 오염된다. 그리고 그러한 뇌는 정보의 껍질에 싸여 자신의 참모습을 알지 못하고 가아의 상태에 머물게 된다. 자신의 참모습이 무엇인지, 자신이 추구할 진실된 가치가 무엇인지를 아는 것이 영적인 각성이다. 영적인 각성이 있을 때 비로소 우리는 자기 뇌의 주인이 되고 선택의 주체가 된다.

뇌호흡은 영적인 각성을 위한 호흡이고, 평화를 위한 호흡이고, 파워있는 뇌를 만드는 방법이다. 평화를 목적으로 창조적이고 생산적으로 일하는 것, 이것이 영적 자각의 기준이다. 영혼을 자각한 사람은 자신의 영혼과 지구의 영혼이 하나임을 알게 되고, 지구를 중심 가치로 세우게 된다. 이러한 사람들이 모여 사회를 치유하고 지구를 치유하여 지구평화를 실현하고자 하는 운동이 힐링 소사이어티 운동이고 지구인 운동이다. 지구인 운동은 홍익정신이라는 건강한 철학을 바탕으로, 자신과 자신이 속한 사회와 인류 전체를 건강하게 하고 지구평화를 실현하고자 하는, '인간사랑 지구사랑'의 실천 운동이다.

평화의 방정식 : $P = EN^2$

P ● 평화의 파워 Power of Peace

E ● 깨달음의 의식, 평화의 비전 Enlightenment

N ● 깨달은 사람 New Human, Power Brain의 수

1 주체의 자각

평화는 왜 우리에게서 멀어졌는가?

평화의 주인

지구 평화를 실현하기 위해 가장 먼저 필요한 것은 평화의 주체이다. 누가 평화를 실현할 것인가? 평화의 주인은 누구인가?

대체로 우리는 평화를 자신과는 동떨어진 일로 여겨온 듯하다. 누군가 자신이 가장 원하는 것이 평화이고, 자신은 지구 평화를 위해 일하고 있다고 말하면 보통은 그 사람이 농담을 하고 있거나 거짓말을 하고 있다고 여긴다.

그리고 평화는 개인이 다룰 문제가 아니라 종교나 정치가 다룰 문제라고 생각한다.

지구 평화와 인류의 복지를 이야기하는 사람은 평범한 개인들이 아니다. 보통 기업가, 정치가, 군 장성, 종교 지도자, 문화 예술인들이다. 유명인사나 영향력 있는 사람들이 지구 평화를 이야기하고 인류의 복지를 이야기하면 사람들은 귀를 기울이고 고개를 끄덕인다. 하지만 이들에게는 각자 명확한 저마다의 목적이 있다.

기업가의 목적은 돈을 버는 일이다. 기업가가 평화를 이야기할 때 평화는 마케팅의 도구이다. 정말로 그런지 확인하고 싶으면 기업가에게 지구 평화를 위해 경영상의 손실을 감수할 수 있는지 물어보면 된다. 정치인에게 최우선의 목적은 정권을 잡는 일이고 정권을 유지하는 일이다. 정치가가 평화를 이야기할 때 평화는 정치적 선전과 정당화의 도구이다. 정치가에게 지구 평화를 위해 정권을 포기할 수 있는지 물어보면 금방 진실을 확인할 수 있다.

군 장성의 목적은 전쟁에서 이기는 것이다. 어떤 전쟁 영웅이 자신은 지구 평화를 위해서 싸운다고 말할 때, 그에게 지구 평화를 위해서 필요하다면 전쟁에서 질 수 있는지 물어보라. 그에게 평화란 자신이 사용하는 폭력을 정당

화해주는 도구이다. 종교인의 목적은 자신의 교세를 확장하고 자신의 종교적 이상을 실현하는 것이다. 종교인에게 지구 평화를 위해 자신의 종교를 버릴 수 있는지 물어보라. 종교인에게 평화는 자기 종교를 알리기 위한 도구일 뿐이다.

연예인의 목적은 인기를 얻는 일이다. 마찬가지로 연예인에게 지구 평화를 위해 자신의 인기를 포기할 수 있는지 물어보라. 연예인이 평화를 이야기할 때 평화는 인기의 도구이다. 이들 모두에게 평화는 그 자체가 목적이 아니라 다른 무엇인가를 위한 수단이다.

오랜 세월 동안 평화는 대중들의 무관심 속에서 오염되고 남용되고 유린당해 왔다. 평화는 사각지대에 방치되고 평화를 도구로 삼아 자신의 이익을 추구하려는 사람들에게 이용당해 왔다. 그러한 과정 속에서 평화는 추상화되고 관념화되었으며 우리의 삶으로부터 유리되었다. 우리는 점차 평화를 '전문가'의 일로 여기게 되었고 평화에 대한 우리의 당연한 권리와 책임을 스스로 포기하였다.

이것이 지구 평화의 현주소이다. 나는 비난이나 비판을 하려는 것이 아니다. 손가락 하나를 손가락 하나로 보는 정상적인 감각을 가졌다면 누구에게나 자명하게 보이는 평화의 현주소를 말하려는 것뿐이다. 인류가 이러한 모순과 위선을 그토록 오랜 세월 동안 덮어두고 있었다는 것이 오히려 이상한 일이다.

평화의 주체는 누구인가?

누가 평화를 실현해야 하는가?

평화는 평화를 도구로 삼아 뭔가 다른 이익을 얻으려는 사람들이 이룰 수 있는 것이 아니다. 평화는 다른 어떤 것이 아니라 평화 자체를 목적으로 하는 사람들이 평화를 도구로 사용할 때 이룰 수 있는 것이다. 목적도 평화라야 하고 그 목적을 이루는 수단 역시 '평화의 파워'라야 한다. 경쟁과 갈등과 싸움 뒤에 결과로서 평화가 찾아오는 것이 아니라, 평화를 이루는 과정 자체가 세상을 치유하고 평화롭게 하는 것이어야 한다.

그러므로 평화의 주체인 우리에게 정말로 필요한 것은 평화를 이해하거나 아는 것이 아니라 평화로워지는 것이고 우리 스스로 평화의 존재가 되는 것이다. 이것은 평화를 연구하고 이해해서 되는 일이 아니라 평화를 체험할 때만 가능한 일이다. 평화를 체험하고 자신이 가진 평화의 힘에 대한 확신이 있을 때, 자신도 평화로울 수 있고 다른 사람에게도 평화를 전할 수 있다.

들숨과 날숨의 법칙

지금 인류는 한껏 숨을 들이쉰 상태이다.
이제 우리는 숨을 내쉬어야 할 지점에 다다랐다.

평화는 호흡이다

평화는 추상적인 개념이 아니라 우리의 생명이고 호흡이다. 숨을 1분 정도만 멈추어 보자. 금방 가슴이 답답하고 혈압이 오르고 머리가 아파온다. 이제 참았던 숨을 내쉬어 보자. 가슴이 시원해지고 머리가 개운해진다. 몸과 마음이 편안해진다. 우리는 호흡을 지극히 당연하게만 여겨왔기에 그 의미에 대해 깊이 생각하지 않는다. 그러나 호흡은 우리에게 생명이 무엇이고 질서가 무엇인지, 조화가 무엇이고 평화가 무엇인지를 알게 해준다.

호흡은 생명의 가장 자연스러운 표현이다. 들숨과 날숨, 확산과 수렴이 율동적으로 반복되는 호흡 운동은 생명이 어떻게 무질서 속에서도 질서를 유지하며, 변화 가운데서도 안정을 유지하는지를 보여준다. 호흡은 그 자체가 완벽한 순환이고 리듬이며 균형이다. 이러한 순환과 리듬과 균형 속에 가장 차원 높은 질서인 '생명'이 유지된다.

참으로 다행한 일은 우리가 호흡을 의식적으로 통제할 필요가 없다는 사실이다. 만약 호흡을 계속 의식해야 한다면 잠을 잘 수도 없고 하루 종일 숨쉬는 것 외에는 아무 일도 할 수 없을 것이다. 맡겨두면 그냥 스스로 알아서 자연스럽게 되는 것, 그것이 바로 호흡으로 표현되는 자연스러운 생명의 법칙이고 창조주의 사랑이다.

이 생명의 리듬을 가리켜 율려律呂라고도 표현한다. 율려는 흔히 음악에서 음양陰陽이 어울리는 방식을 가리키는 말로 알려져 있지만, 원래 창조의 원음原音을 가리키는 말로서 우주 조화의 근원을 의미한다. 율려는 빛과 소리와 파장으로 표현되는 우주의 원리이고 에너지이다. 율려는 천지기운이고 천지마음이다.

우리 주위에는 이 자연스러운 생명의 리듬을 보여주는 수많은 형상과 현상과 상징들이 있다. 끊임없이 넘실대는 파도가 그러하고 산맥의 모양이 그러하다. 우리의 뇌파와 무한대 기호(∞)가 그러하다. 물고기의 모양이 그러하고 나뭇잎의 모양이 또한 그러하다.

나는 자연스러운 생명의 리듬, 율려의 상징을 나뭇잎 모양에서 발견했다. 그래서 이러한 순환의 법칙을 '나뭇잎의 법칙' 또는 '호흡의 법칙', '들숨과 날숨의 법칙'이라 부른다. 이 법칙을 따르는 것이 율려를 회복하는 것이고 율려의 삶을 사는 것이다.

우리가 의식하든 하지 않든 우리의 호흡은 이 리듬을 충실히 따르고 있으며, 그것이 지금 이 순간 우리를 살아 있게 한다. 이러한 호흡의 법칙에 따라 들이마시기 위해서는 내쉬어야 하고, 확산하기 위해서는 수렴해야 한다. 내쉬고 비웠을 때 다시 들이마실 수 있다. 그러한 리듬 속에서 생명은 이어지는 것이다. 우리의 호흡과 심장박동, 우리 몸에서 일어나는 모든 생명 활동이 그러한 율동적인 주기를 따라 이루어지고 있다.

한 개인의 삶이나 한 국가의 역사, 크게 보면 한 종의 생멸까지도 결국 그러한 리듬을 따라 움직인다. 하나의 생명체가 얼마나 건강하게 그 생명력을 유지하는지는 결국 이 리듬을 얼마나 조화롭게 유지하는지에 달려 있다. 한 국가도 마찬가지이고, 인류 전체도 마찬가지다. 개인적인 차원에서 이러한 호흡의 법칙이 지켜질 때 우리의 몸과 마음이 건강하고, 이 법칙이 사회적인 차원에서 지켜질 때 사회가 건강하고 평화로울 수 있다.

내가 바로 평화의 주인

평화는 숨처럼 쉽고 자연스럽고 편하며 가까이에 존재한다. 평화는 이해하기 어려운 철학적인 주제나 종교적인 개념이 아니라 우리의 호흡이고 생명이다. 그렇기 때문에 평화는 누구나 찾을 수 있고 누구나 실현할 수 있다. 동시에 평화는 누구에게나 호흡만큼이나 필요하고 절실한 것이다. 밥을 안 먹고도 며칠 정도는 견딜 수 있지만 숨을 안 쉬고는 단 몇 분도 견디기 힘들다. 평화는 우리에게 숨과 같은 것이다. 여기에는 누구도 예외가 없다. 평화는 누구에게나 삶의 목적이고 동시에 삶의 기반이다.

그렇기 때문에 평화는 특정한 몇 사람의 일이 아니다. 기업가나 정치가나 종교가나 학자나 예술가가 대신 해 줄 수 있는 일이 아니다. 바로 너와 나, 한 사람 한 사람이 모두 평화의 주체이다. 지금까지 우리는 평화를 '영향력 있는 사람들'에게 맡겨 왔지만, 이제 우리들 각자가 평화를 창조하고 평화를 실현할 권리와 책임을 되찾아야 한다. 평화는 누구에게 미루거나 맡길 수 있는 것이 아니다.

평화에 대해 생각하거나 평화를 위해 기도한다고 평화가 이루어지는 것도 아니다. 평화는 누구로부터 배우거나 받는 것이 아니다. 내 안에서 발견하여 나의 삶을 통해 실현하는 것이다. 평화에는 전문가가 따로 없다. 진정으로 인간을 사랑하고 지구를 사랑하고 평화를 사랑하는 사람이 평화의 전문가이다.

그렇기 때문에 평화로 가는 첫 단계는 바로 '내'가 평화를 실천하는 주체임을 깨닫는 것이다. 이것은 또한 평화와는 반대 방향으로 가고 있는 우리의 삶의 방식을 바꾸고, 인류 문명의 방향을 바꾸어야 할 책임과 힘이 자신에게 있다는 사실을 아는 것이다.

들이쉬기에서 내쉬기로

존재 기반을 약화시키는 외적인 성장

숨을 쉴 때 만약 들이쉬기만 하고 내쉬지 않는다면 어떻게 될까? 아마 허파가 터져 죽고 말 것이다. 우리 몸은 우리가 의식하지 않아도 들이쉬었으면 내쉴 줄 안다. 그것이 배우지 않아도 저절로 아는 생명의 지혜이다. 우리의 호흡과 생명은 이러한 순환 속에 이어지고 있지만, 우리 삶의 방식은 이처럼 자명한 생명의 이치를 따르고 있지 않다. 지금 우리의 삶은 호흡의 지혜와는 거리가 멀다. 이것은 우리가 현재 어떤 가치들을 추구하고 무엇을 성장이라 정의하는지를 보면 잘 드러난다.

우리가 스스로를 자신의 육체와 동일시할 때, 몸이 자신이고 그 몸에 입혀진 정보의 집합인 인격이 자신이라고 생각할 때, 우리가 추구하는 성장은 외형적인 것일 수밖에 없다. 외적인 성장의 추구는 소유와 지배라는 행동을 통해 표현된다. 여기에는 항상 비교와 경쟁과 승패가 따른다. 성장의 욕구는 무한한데 비해 지배하고 소유할 대상은 제한되어 있으므로 외적인 성장은 결국 한계에 부딪힐 수밖에 없다. 성장을 추구하면 할수록 생태계는 파괴되고 자원은 줄어들고 환경은 오염되고 정신은 황폐해진다.

비유하자면 지금의 인류 문명은 자꾸만 스스로의 크기를 키워가는 엔진과 같다. 문명의 시스템은 날이 갈수록 커지고 복잡해진다. 시스템이 거대하고 복잡해질수록 에너지의 효율은 더 떨어지는 반면, 시스템 자체를 유지하기 위해서는 더 많은 에너지를 투입해야 한다. 이것을 우리는 지금 '성장'이라고 부른다.

이러한 성장은 갈수록 자기의 존재 기반을 약화시키기 때문에 결국에는 스스로를 파괴할 수밖에 없다. 마치 두발자전거 타기와 같아서 일단 출발하고 나면 넘어지지 않기 위해 계속 페달을 밟아야 한다. 그 결과가 자기 파멸이라는 것을 알면서도 성장을 위한 무한경쟁을 멈출 수 없게 되는 것이다.

이것은 내쉬지는 않으면서 계속 들이마시기만 하는 것과 같다. 날숨 없이 들숨만을 계속한다면 결국은 죽고 만다. 지금과 같은 무한경쟁 속에서 외적인 성장을 계속해

나간다면 결국 우리의 문명 자체가 붕괴하고 말 것이다.

방향 전환

외적인 성장과 확산의 결과는 이제 환경·자원·인구·문화·제도 등 우리 삶의 모든 부분에서 나타나고 있다. 파괴되는 환경, 줄어드는 자원, 늘어나는 인구, 피폐해지는 문화, 통제력을 잃어가는 제도 등 문명의 모든 주요 지표들이 무언가 심각하게 잘못 되어가고 있음을 보여주고 있다. 흔히 '지속 가능하지 않다'고 표현되는 지금의 상황은 평화의 위기이고 인간 존엄성의 위기이며 인류 생존의 위기이다. 이것은 우리가 확산과 수렴의 전환점에 이르러 있음을 의미하고, 우리가 원하든 원치 않든 방향을 돌려야 한다는 것을 뜻한다.

　지금까지 인류의 문명이 더 많이 소유하고 더 많이 축적하는 들숨만을 계속해왔다면, 이제는 자연스러운 호흡의 법칙에 따라 들숨에서 날숨으로 바꾸어야 할 때다. 들이마시기 위해서 우리는 내쉬어야 하고, 확산하기 위해 수렴해야 한다. 내쉬고 비웠을 때 다시 들이마실 수 있고 그러한 리듬 속에 생명이 이어진다. 이러한 생명의 법칙이 지켜질 때 개인도 사회도 건강하고 평화로울 수 있다.

들이쉬기에서 내쉬기로, 확산에서 수렴으로 전환하는 것은 많은 근본적인 변화를 포함한다. 우리의 자기 정체성이 달라지고, 삶의 목적이 달라지고, 가치체계가 달라지고, 습관을 비롯한 삶의 방식이 달라지는 것을 의미한다. 나아가 문화가 달라지고, 궁극적으로는 인류 문명의 방향이 바뀌는 것을 의미한다.

영적 각성의 시대

물질문명의 세계관

우리가 지금처럼 외적인 성장을 추구하는 배경에는 자신을 분리된 개체로, 또 이 세계를 분리된 개체들간의 갈등과 대립으로 보는 이원론적인 세계관이 버티고 있다. 현재의 서구문명 혹은 서구화된 지구문명을 지탱하는 두 개의 정신적 기둥은 기독교와 과학적 합리주의이다. 그러나 이것도 전체 이원론의 역사에 비추어 보면 단지 작은 일부분에 지나지 않는다. 하늘과 땅, 물질과 정신, 주관과 객관, 신과 인간, 너와 나, 자연과 사회, 선과 악, 흑과 백, 음과

양, 이것이 동서양을 막론하고 우리가 세계를 이해하는 방식이었고, 삶 속에서 마주치는 모든 선택 상황에 반응하는 방식이었다.

이러한 세계관 속에서는 내가 아니면 너이고, 네가 아니면 나다. 나이면서 너인 것, 너와 내가 하나인 어떤 것은 없다. 세계가 그렇게 나누어져 있으니, 결국 내가 살기 위해서 너를 이겨야 하고, 내 것을 키우기 위해 네 것을 빼앗아야 하는 것이다. 대립과 갈등, 경쟁과 지배라는 우리의 생존방식 뒤에 이러한 대립적 이원론이 버티고 있는 것이다. 그리고 그러한 생존방식의 결과가 우리의 현재 모습, 곧 '위기에 처한 문명'이다.

신관神觀의 역사

이러한 이원론적인 대립과 갈등 중에서도 가장 적대적인 것은 종교의 대립이고 신들의 대립이다. 인류문명에서 가장 큰 역설과 모순은 사랑의 신과 평화의 신이 가장 잔혹하고 가장 호전적이라는 사실이다. 인류가 이 모순을 모순으로 의식하지 않고 있다는 것은 또 하나의 불가사의이다. 이 모순의 극복 없이 지구 평화는 없다. 종교적 갈등의 해결 없이, 신들의 화해 없이 지구 평화는 불가능하다.

신들의 평화와 종교의 화해를 위해 우리는 또 어느 더 높은 신에게 기도해야 하는가? 누가 신들을 화해시키고 누가 종교와 종교가 화합하게 할 수 있는가? 근본적으로 그 책임은 인간에게 있다. 평화의 신이 평화의 신이 되게 하고, 사랑의 신이 사랑의 신이 되게 하는 것은 결국 인간이다. 우리가 평화를 실현할 때 우리의 신은 평화의 신이고, 우리가 사랑을 실천할 때 우리의 신은 사랑의 신이다.

신과 인간의 관계를 역사적으로 살펴보면 첫 번째 단계는 신본주의神本主義의 시대이고 신앙의 시대였다. 이 기간 동안은 신이 세계의 중심이었고 인간은 신에 예속된 존재였다. 신본주의 시대를 통해 형성된 신들의 일반적인 특징은 정서적으로 미숙하고(분노하고 질투하는 신), 자기중심적이며(자기만을 섬기라고 하는 신), 잔인하다는 것이다(전쟁과 살상을 부추기고 정당화하는 신).

이 시대의 신들은 사랑과 평화라는 보편적인 가치를 말하고 있지만, 그 속성을 보면 다들 국적이 있고 특별히 선호하는 민족이나 집단이 있다. 이는 결국 이 신들이 본질적으로 지역신이고 민족신이며, 민족적·집단적 에고ego

의 표현이라는 것을 말해준다. 인류가 아직도 종교전쟁을 하고 있다는 것이, 바로 우리가 믿는 신들의 성격과 한계를 보여주는 명백한 증거이다. 아직 우리에게는 '만유萬有의 주主'는 고사하고 지구를 대표할 신조차 없는 것이다.

신본주의 시대는 이처럼 불완전하고 미완성이며 철이 안 든 신이 인간의 의식을 지배한 시기였다. 신본주의 시대는 대제로 계몽주의와 근대과학의 세기라고 할 수 있는 17세기를 경계로 종결되었다고 말하지만, 이때 형성된 신의 개념과 종교적 관념들은 아직까지 많은 사람들의 의식을 지배하고 있다.

오랜 신본주의 시대가 끝나고 신과 인간의 관계에 변화가 생기기 시작한 것은 르네상스와 계몽주의 시대를 거치면서였다. 그 이후로 지금까지는 자신의 힘에 눈뜬 인간이 과학과 이성을 무기로 인간의 영역을 급속하게 확장해온 기간이다. 이 시기를 인본주의人本主義 혹은 과학과 이성의 시대라고 부른다.

이 기간 동안 인류는 이전에는 상상도 못할 만큼 많은 힘과 기술과 정보를 갖게 되었다. 그리고 그 힘과 기술로 자기 자신뿐 아니라 지구상에 존재하는 다른 모든 생명체들과 지구 자체의 생존까지 위협할 수 있는 수준에까지 이르게 되었다. 아직 인류의 상당수는 과학과 이성의 시대에 인류가 이룬 물질적 성취에 도취되어 있다. 그러나 그 이면에서 우리는 인류의 강력한 도전과 성취가 남긴 흔적들, 치유될 수 없는 파괴의 자취들을 여기저기서 목격하고 있다. 그러한 파괴의 자취들은 신본주의 시대의 신들이 그러했듯이 인본주의 시대의 인간 역시 얼마나 미숙하고 불완전한 존재인지를 보여준다.

신과 인간 관계의 새로운 단계

현재까지의 인류 의식의 한계를 극복할 새로운 차원의 시대는 인류의 영적인 자각과 더불어 시작될 것이다. 그것은 신본주의 시대를 넘고 인본주의 시대를 지나 세 번째로 맞이하게 될 신인합일神人合一의 시대이다.

영적인 자각의 핵심은 인간이 스스로 영적인 존재임을 알고, 자신 안에 감추어진 신성을 발견하는 것이다. 자신의 신성을 발견함으로써 인간은 신과 인간 사이의 간극을 극복하고, 신과 인간, 개체성과 전체성이 통합된 새로운 자기 정체성을 갖게 될 것이다. 그리고 신성의 실체가 영혼이고 평화이며 사랑이라는 것을 알게 됨으로써 지금까지 자신의 의식을 지배해온 지역신·민족신들의 한계를 넘어서게 될 것이다.

이러한 시대는 신앙이나 이성의 시대가 아니라 양심과 신성의 시대이며, 신학이나 과학의 시대가 아니라 깨달음의 시대이다. 또한 신에 예속되고 신을 섬기는 시대가 아니라 신을 활용하는 용신用神의 시대이다.

우리가 신이라고 부르는 것에는 두 종류가 있다. 하나는 종교라는 신념체계를 구성하는 정보로서의 신이다. 이것이 지금까지 인류의 의식을 지배하고 있는 지역신·민족신들의 실체이다. 이들은 인간에 의해 만들어지고 인간의 믿음에 의해 그 생명이 유지되는 정보이고 관념이다.

이것이 우리가 보통 '神(귀신 신)'이라고 쓸 때의 그 신이다. 주인은 잠들어 있는데 정보가 들어와 주인 노릇을 하니까 귀신(ghost)인 것이다. 우리는 스스로 신이라는 관념적 정보를 만들고, 그 정보가 우리의 몸과 뇌를 사용하도록 내어주고, 그 정보가 움직이는 데 필요한 에너지를 제공한다. 자신이 하고 있는 이러한 일들을 의식하지 못한 채, 우리는 신이 자신을 지배하고 있다고 생각한다.

다른 하나는 종교로 정의할 수 없고 종교에 속박되지

않은 홀로 스스로 존재하는 영원한 생명이다. 이것은 누구를 지배하려고 하지도 않고 누구의 섬김을 받으려 하지도 않는 신이다. 이것은 모든 생명이 그 안에서 자신의 존재 가치를 실현하도록 허락하는 조화의 법칙이다. 이것이 하나님이며 허공이고 도이며, 천지기운이고 천지마음이다.

지금은 잊혀져버린 글자이지만 이 신을 '神'이라고 쓴다. 이것은 하늘과 땅, 해와 달을 포함한 글자로서 천지간에 있는 모든 것을 상징하는 글자이다. 이것을 '귀신 신'과 구분하여 '하나님 신'이라고 한다. 이것은 존재하는 모든 것 너머에 있으면서, 동시에 존재하는 모든 것과 함께 존재하는, 모든 것 속에 있는 신이다. 이것은 조화의 신이고 평화의 신이다.

정말로 평화를 실현하고자 한다면 이제 우리는 '평화'라는 기준으로 우리의 신들을 점검해 보아야 한다. 과연 우리가 신이라 부르는 그 정보들이 지금 인류의 문제를 해결하는 데 어떤 도움을 줄 수 있는가? 지구 평화를 실현하는 데 어떤 기여를 하고 있는가? 우리 자신과 우리 사회와 지구를 치유하고 그 본래의 건강과 조화를 찾는 데 무슨 도움을 줄 수 있는가?

자기 내면의 참 평화를 위해 나를 구성하는 관념적인

정보인 가아를 버리고 나의 생명의 실체인 진아를 찾는 것처럼, 이제 우리는 지구의 평화를 위해 관념의 신을 버리고 실체의 신을 찾아야 한다. 귀신(神)을 버리고 참 하나님(神)을 알아야 한다. 참 하나님은 우리 안에 있고 존재하는 모든 것 속에 있다. 그것은 우리의 신성이고 우리의 영혼이며 우리 자신이다. 또한 조화의 원리이고 자연의 법칙이다. 신인합일의 의미는 바로 인간이 자신 속에서 조화의 원리와 자연의 법칙을 발견하는 것이다. 자신의 삶 자체가 원리가 되고 법이 되는 것이다. 이것이 구원과 영생의 참 의미이다.

이원론적 세계관을 극복할 수 있는 인간, 이원론의 양극을 이어주고 조화시킬 수 있는 주체는 바로 자신 안의 신성을 자각한 인간이고 스스로가 조화주이고 창조주임을 자각한 인간이다. 신성을 자각함으로써 신과 인간, 하늘과 땅, 물질과 정신이라는 이분법을 넘어서고, 분리된 개체로서의 육체라는 자신의 한계를 넘어선다. 또한 모든 존재의 근원이 하나임을 앎으로써 민족과 사상과 종교에 의해 만들어진 모든 인위적인 구분과 차이를 넘어선다.

이것이 모든 대립과 갈등을 극복할 수 있는 조화의 주체로서의 인간이고, 우리의 참 모습이다. 내가 바로 창조주이고 내가 바로 평화의 주체이다.

2 파워있는 뇌, 뇌호흡

평화의 열쇠 : 뇌

뇌의 주인은 누구인가?

당신 뇌의 주인은 누구인가? 누가 당신의 생각과 행동을 지배하고 있는가? 무엇이 당신으로 하여금 지금과 같은 방식으로 느끼고 생각하고 행동하게 하는가?

'뇌의 주인이 누구냐'는 질문이 다소 당황스럽게 느껴질지 모르지만 실제로 뇌의 주인으로서 자기 뇌를 제대로 쓰고 있는 사람은 많지 않다. 뇌를 제대로 쓴다는 것은 단순히 뇌의 몇 퍼센트를 활용하고 있는지의 문제가 아니다.

중요한 것은 뇌를 사용하는 '주체에 대한 자각'이다.

주체의 자각이 없을 때 뇌를 움직이는 것은 태어나면서부터 지금까지 뇌 속에 들어와 축적된 관념적 정보들이다. 우리는 자신의 의식이 얼마나 많은 관념과 편견들에 의해 왜곡되고 속박되어 있는지 잘 알지 못한다. 마치 색안경을 오래 끼고 있다 보면 자신이 색안경을 끼고 있다는 사실 자체를 인식하지 못하게 되는 것처럼.

이렇게 자신도 모르게 뇌 속에 들어와 자리 잡은 관념적 정보들이 우리로 하여금 울고 웃게 하고 슬프게 하고 분노하게 한다. 관념이 감정을 결정하고, 감정이 생각을 촉발시키고, 생각이 행동을 만든다. 그리고 같은 행동이 반복되면서 습관이 만들어지고, 습관이 성격을 만들고, 성격이 운명을 만든다.

똑같은 상황에서도 관념의 체계가 다르면 사람들은 다르게 반응한다. 감정의 종류 자체는 두뇌생리학적으로 어느 정도 결정되어 있다고 할 수 있겠지만, 어떤 상황에 어떤 감정 반응을 보이는지는 자연스럽게 정해진 것이 아니라 관념적인 정보에 의해 결정된다. 어떤 사물 혹은 상황에 대해 '싫다', '좋다' 등의 감정이 생기면 곧 싫은 것을 어떻게 피하고 좋은 것을 어떻게 취할지 그 방법을 찾기 위해 생각이 움직이기 시작한다. 생각은 감정에 의해 촉발되는 것이다. 생각이 생기면 그것은 행동으로 옮겨진다.

당신이 스스로 자기 뇌의 주인이 되지 못할 때, 이 모든 것을 결정하는 것은 관념이고 정보이다. 그러한 정보는 내가 만든 것이 아니다. 내가 선택한 것도 아니다. 나도 모르는 사이에 그러한 정보가 나의 뇌에 들어와 자리 잡고 주인 노릇을 하고 있는 것이다. 우리가 정말로 자기 뇌의 주인이 되고자 하고, 자기 삶의 주인이 되고자 한다면, 자신의 뇌에 들어와 자신을 움직이는 정보의 출처를 잘 따져보아야 한다.

우리의 감정과 사고와 행동을 지배하는 관념 중에서도 가장 뿌리 깊고 질긴 것이 종교적·민족적 정보체계이다. 그러한 정보체계를 하나의 정보체계로 이해하지 않는 한 자신의 실체가 무엇인지, 자기가 진정 누구인지 결코 알 수 없다. 자신의 정체성을 그러한 정보체계에 의존하고 있는 한, 자신은 그저 한국인이고 미국인이고 중국인일 뿐이다. 또한 기독교인이고 불교인이고 이슬람교인일 뿐이다. 그렇기 때문에 수많은 사람들이 지구에 와서 자신이 지구인이라는 사실조차 알지 못하고 어렵사리 찾아온 이 초록별에서 살다 소득 없이 떠나는 것이다.

우리의 영혼이 각성되지 못하면 자신의 뇌를 종교적·
정치적·문화적 관념들이 지배하도록 내맡겨두게 된다. 이
것은 마치 자기 컴퓨터를 켜둔 채 오랫동안 자리를 비워,
다른 사람이 그 컴퓨터를 마음대로 사용하는 것이나 마찬
가지이다.

이제 우리는 맡겨두었던 자신의 뇌를 되찾아 와야 한
다. 자신의 뇌에 어떤 정보들이 들어와 있고, 지금 어떤
일을 하고 있는지 정확하게 보아야 한다. 당신이 정말로
하고자 하는 것이 무엇인지 자신에게 물어보고, 지금 당신
이 가진 정보가 그 목적에 맞는지 점검해 보아야 한다.

당신이 원하는 것이 평화인가 아니면 그 반대인가? 당
신이 원하는 것이 힐링인가 킬링인가? 지금 당신이 가진
정보들이 당신이 원하는 목적에 정말로 적합한가? 어떤
경로를 통해, 누구의 어떤 목적에 의해 당신의 뇌는 그러
한 정보를 갖게 되었는가? 누가 당신으로 하여금 분노하
게 하고 싸우게 하는가? 누가 당신으로 하여금 다른 사람
을 원수로 대하게 하는가?

이제 우리의 뇌를 크게 한번 점검하고 청소할 때가 되
었다. 이제는 주인이 없는 동안 들어와 주인 노릇을 하던
관념적 정보들을 내쫓고, 영혼이 주인이 되어 뇌를 창조적

이고 평화적으로 사용해야 할 때이다.

뇌의 생명은 정보이다

지구 평화의 열쇠는 결국 사람이다. 그리고 사람을 움직이는 것은 뇌이다. 인간의 가치와 운명을 결정하는 것은 뇌이고 뇌 속의 정보이다. 뇌의 생명은 정보이다. 뇌는 정보로써 일하고 뇌의 가치는 정보로써 평가된다. 뇌의 가치를 결정하는 것은 뇌의 모양도 색깔도 아니며 뇌가 가진 정보이다. 어떠한 종류의 뇌인가를 판단하는 가장 중요한 기준은 어떤 정보를 생산하는가이다.

우리는 곧잘 어려운 책이나 이론을 이해하는 능력을 의식수준과 혼동하곤 한다. 그러나 높은 의식이란 어렵고 복잡한 정보를 생산하는 능력이 아니라, 밝고 건강하고 참된 정보를 생산하는 능력이다. 찌그러지고 어두운 뇌는 왜곡되고 어두운 정보를 생산하고, 밝고 건강한 뇌는 밝고 건강한 정보를 생산한다. 밝고 건강한 뇌가 모여 건강한 사회를 만들고 건강한 문명을 만든다.

세상에 태어날 때 인간의 의식은 백지와 같지만, 나이가 들면서 온갖 정보가 들어와 관념의 껍질들이 만들어져 영혼을 두껍게 둘러싼다. 이러한 정보들에 싸여 자신의 참

모습인 본래의 순수한 영혼은 가리워진다. 우리의 뇌가 이처럼 정보의 껍질에 둘러싸이게 되면 자신의 참모습을 알지 못하고 가아의 상태에 머물게 된다.

가아의 상태에서는 스스로 완전하지 못하기 때문에 불안해하고 의존적이 되고 비굴해진다. 그 결과 종교나 국가나 민족, 부와 명예 등 불완전한 가치를 절대시하고, 상대적인 가치 속에서 안정과 구원을 추구하게 된다. 이러한 뇌는 관념과 습관이라는 가아의 벽에 부딪혀 진아의 목소리를 듣지 못한 채 자신의 이익만을 위해 쓰인다. 결국 그러한 뇌는 부정적인 정보를 만들어 냄으로써 결과적으로 자기 자신과 주위를 '킬링' 하는 뇌가 된다.

영적인 각성을 통해 스스로 뇌의 주인이 될 때, 뇌를 제대로 사용할 수 있고 자기 삶의 주인이 될 수 있다. 이것은 우리가 자기 뇌의 정보를 검색하고 선택할 수 있고, 부정적인 정보로부터 스스로를 지킬 수 있으며, 자신과 사회를 치유할 수 있는 긍정적인 정보를 생산할 수 있다는 것을 의미한다.

영적으로 각성한 뇌, 파워있는 뇌는 신성의 소리를 듣고 양심적으로 살아가는 뇌이며 긍정적인 정보를 생산하여 자기를 힐링하고 사회를 힐링하는 뇌이다. 이러한 뇌가 바로 평화의 열쇠이다. 파워있는 뇌는 평화를 실현하기 위한 가장 강력한 도구이다.

파워있는 뇌와 평화의 방정식

파워있는 뇌

자신 안에 있는 평화의 본성을 발견하고 평화를 실현할 수 있는 힘을 키우는 가장 빠른 길은 자신의 뇌를 깨우고 뇌와 대화하고 뇌를 활성화하는 것이다. 평화학이 뇌에 집중하는 것은 평화를 실현할 수 있는 힘이 뇌에 있기 때문이다.

뇌를 활성화하기 위해 개발한 수련법이 바로 뇌호흡이다. 뇌호흡은 뇌를 깨우고 뇌에 맑은 에너지와 좋은 정보를 제공하여 뇌를 파워있게 만드는 방법이다. 파워있는 뇌는 창조적이고 평화적이고 생산적인 뇌이다. 평화를 목적으로 창조적이고 생산적으로 일하는 것, 이것이 영적 자각의 기준이다. 파워있는 뇌가 모여 건강한 사회를 만들고 건강한 문명을 만든다.

파워있는 뇌는 창조적인 뇌이다. 창조적인 뇌는 유연한

파워 브레인 Power Brain

평화를 실현할 수 있는 힘은 인간의 뇌에 있다.
파워 브레인은 평화적이고 창조적이고
생산적인 뇌이며 평화를 실현하는 열쇠이다.

사고를 할 수 있고 상상력을 발휘할 수 있는 뇌이다. 창조적인 뇌는 지금의 현실이 비록 어렵고 힘들지라도, 현실에 굴복하여 주저앉지 않고 밝은 미래의 비전을 그릴 수 있다. 또한 창조적인 뇌는 비전을 향해 가는 중에 어떤 난관에 부딪혀도 그 난관을 해결하는 방법을 생각해낼 수 있다.

파워있는 뇌는 평화적인 뇌이다. 파워있는 뇌는 자신의 본성이 평화임을 자각한 뇌이고, 평화를 최고의 가치로 삼고 평화를 기준으로 판단하는 뇌이다. 평화적인 뇌는 조화의 원리를 알고 조화의 원리에 따라 움직인다. 평화적인 뇌는 평화를 실현하는 데 도움이 되는 정보, 밝고 긍정적인 정보를 생산한다. 평화적인 뇌는 힐링하는 정보를 생산하는 뇌이다.

파워있는 뇌는 생산적인 뇌이다. 생산적인 뇌는 현실적이고 책임감 있는 뇌를 의미한다. 생산적인 뇌는 목적을 이루는 데 도움이 되는 일을 할 수 있는 뇌이다. 생산적인 뇌는 시간과 자원을 낭비 없이 효과적으로 사용하고, 일 처리를 빈틈없고 야무지게 한다. 생산적인 뇌는 살림을 맡을 수 있는 뇌이고, 경영을 통해 비전을 실현할 수 있는 뇌이다.

　뇌호흡을 통해 뇌가 창조적이고 생산적이며 평화적인 파워를 갖게 되면, 무엇이 감정과 욕망과 사회적 관념에서 나온 가아의 목소리인지, 그리고 무엇이 진정으로 참자아가 원하는 것인지 분명하게 알게 되고, 참자가 원하는 것을 실천할 수 있는 힘과 지혜를 갖게 된다.

평화의 방정식

최근의 테러 사태 등은 우리가 평화라고 여겨왔던 그 평화의 기반이 얼마나 취약한 것이지 여실하게 확인시켜 주었다. 그리고 평화가 군사력과 경제력과 우월의식으로 확보되는 것이 아님도 분명하게 드러났다. 평화에 대한 위협은 어디에나 있다. 더 강한 무기를 만들고, 더 많은 국방 예산을 투입한다고 해서 평화가 이루어지지는 않는다. 더욱이 군사력과 경제력을 가진 국가나 조직이 자신의 힘에 대해 갖는 우월감은 평화를 더욱 더 멀어지게 할 뿐이다.

　그렇다고 많은 시간을 기도하고 명상에 잠긴다고 해서 평화가 이루어지는 것도 아니다. 평화는 평화를 명분으로 삼는 사람들의 후원금으로 이루어지는 것도 아니다. 평화는 봉사나 선행 혹은 취미나 여가 선용의 차원에서 성취되지 않는다. 지구 평화는 용돈을 아끼고 여가시간을 활용해서 이루어질 수 있을 만큼 호락호락한 일이 아니다.

지구 평화를 실현하는 것은 개인적인 선의善意가 아니라, 결집되고 조직화된 구체적이고 현실적인 힘이다. 지구 평화는 정말로 평화를 가장 중요한 가치로 여기고, 지구를 사랑하고 인간을 사랑하는 사람들이 자신이 가진 모든 열정과 시간과 자원을 투입해야 이룰 수 있는 인류 역사상 최대, 최고의 사업이고 프로젝트이다. 지구 평화의 비전, 그리고 그 비전을 자기 삶의 목적으로 선택한 사람들이 비전을 이루기 위해 투자하는 열정과 시간과 자원이 곧 평화의 힘이다. 평화의 방정식은 이러한 관계를 수식으로 표현한 것이다.

$$평화의\ 방정식 \quad P=EN^2$$

P : 평화의 파워Power of Peace
E : 깨달음의 의식, 평화의 비전Enlightenment
N : 깨달은 사람New Human, Power Brain의 수

P는 평화의 파워로서 지구 평화를 실현할 수 있는 구체적인 힘이다. E는 깨달음의 의식이고 평화의 비전이다.

평화의 비전은 깨달음의 의식에서 나오는 것으로 파워있는 뇌가 가질 수 있는 비전이고 삶의 목표이다. N은 뉴휴먼(깨달은 사람)의 수이고, 창조적이고 평화적이고 생산적인 파워 브레인의 수이다. 뉴휴먼은 진정으로 평화를 원하고 지구와 인류를 사랑하는 사람들로서 지구 평화의 비전을 위해 자신이 가진 열정과 시간과 자원을 투자하는 사람들이다.

평화의 파워는 파워 브레인 수에 비례하는 것이 아니라 그 수의 제곱에 비례한다. 깨달음의 의식을 가진 사람은 조화의 원리를 자각한 사람이고, 조화의 원리에 따라 사고하고 행동하는 사람들로서, 상생의 관계를 맺고 서로가 서로를 도와 최대의 에너지를 쓰게 해주기 때문이다.

각자 자신의 몫을 하면서 다른 사람으로 하여금 최대의 에너지를 내도록 돕기 때문에 깨달은 사람 두 사람이 모이면 각각 따로 일할 때보다 2배가 아닌 4배의 에너지를 낼 수 있고, 3명이 모이면 3배가 아닌 9배의 에너지를 낼 수 있다. 파워 브레인 1억이 모이면 인류의 미래와 지구의 미래를 바꿀 수 있다.

평화 일꾼, 뉴휴먼이 되기 위한 조건

평화는 누구에게나 필요하지만, 모든 사람이 지구 평화를 자신의 비전으로, 자기 삶의 목적으로 선택할 수 있는 것은 아니다. 지구 평화의 비전을 위해 일할 수 있는 사람은 자신 안에 있는 평화의 본성을 발견하고 조화의 원리를 자각한 사람이다. 평화의 일꾼은 건강한 감각을 가진 사람이고 원리를 상식으로 받아들인 사람, 곧 건강한 상식인이다. 이들은 세상을 널리 이롭게 하고자 하는 높고 큰 뜻을 가진 '홍익인간'이고, 이기심과 개인주의라는 오랜 타락성을 벗어버린 '새사람(뉴휴먼)'이다. 홍익인간(뉴휴먼)은 파워 브레인을 가진 사람이고, 육체적·정신적·사회적·영적으로 모두 건강한 '정상인'이다. 지구 평화의 비전을 위해 일할 수 있는 건강한 상식인이 갖추어야 할 조건은 크게 다섯 가지이다.

첫째, 몸과 마음이 건강해야 한다. 너무도 당연한 이야기지만 자기 몸이 건강하지 못해서 남의 신세를 져야 할 정도라면 어떻게 자신을 넘어서서 다른 사람, 더 나아가 온 인류를 널리 이롭게 할 수 있겠는가? 그런 의미에서 건강은 뉴휴먼이 되기 위한 가장 기본적인 조건이다. 내가

20년 전 지구인 운동을 처음 시작할 때, 공원에서 체조를 가르치는 일부터 시작한 것도 바로 이러한 이유에서였다.

둘째, 양심적이라야 한다. 양심은 진실을 사랑하고 진실되고자 하는 의지이다. 양심은 우리 내면의 완전함으로서 신성의 표현이다. 양심이 있기 때문에 우리는 잘못했을 때 잘못했음을 알고 뉘우칠 줄 알며, 균형을 잃었을 때 균형을 잃었음을 알고 균형을 되찾게 되는 것이다. 양심이 없으면 건강한 몸도, 높은 지능도 본래의 쓰임새를 상실한 도구가 되어버리고 만다.

셋째, 정서적으로 조화롭고 멋과 여유가 있어야 한다. 이것은 자연스럽고 성숙한 감정 처리를 기본으로 한다. 감정으로부터 자유로워지는 것은 감정이 메마르거나 감정을 못 느끼는 것과는 다르다. 감정은 지배하고 통제하고 억압할 어떤 것이 아니라, 타고 즐기며 활용할 삶의 도구이다. 화낼 만한 일에 화를 내고, 슬퍼할 만한 일에 슬퍼하고, 기뻐할 만한 일에 기뻐할 줄 아는 것이 정상이다. 감정을 자연스럽게 다룰 수 있을 때, 말과 행동이 자연스럽고, 다른 사람과 잘 어울릴 수 있고 잘 놀 수 있다. 사람과도 자연과도 땅과 하늘과도 조화를 이루고 잘 놀 수 있다. 뉴휴먼은 잘 노는 사람이다.

넷째, 능력이 있어야 한다. 몸이 건강하지 못해서 남의 신세를 져야 하는 사람이 남을 도울 수 없는 것처럼, 자신의 생계를 해결할 능력조차 없다면 세상을 이롭게 하기는 어려울 것이다. 그렇기 때문에 홍익 정신을 실천하기 위해서는 능력이 있어야 하고 능력이 있기 위해서 배워야 하는 것이다.

능력과 기술에 특별한 기준이 있는 것은 아니지만, 자신이 선택한 목적을 이루는 데 필요한 정보와 기술을 갖추어야 한다. 삶의 목적이 분명한 사람은 그 목적을 이루는 데 필요한 정보를 얻고 기술을 익히는 데도 게으르지 않을 것이고, 목적이 있기 때문에 배우는 과정을 지겨워하지도 않을 것이다.

다섯째, 신령스러워야 한다. 신령스럽다는 것은 영적인 감각이 열려서 무엇을 보거나 듣거나 하는 것을 의미하지 않는다. 영spirit이란 정보이다. 영은 에너지 파장을 타고 전달된다. 그 파장이 우리의 뇌파와 연결되어 정보 교환이 이루어질 때, '영감을 받았다 inspired'고 표현한다. 신령스럽다는 것은 차원 높은 정보를 가지고 있다는 것을 의미한다. 신령스러운 사람은 항상 전체를 이롭게 할 수 있는 좋은 정보를 구하고, 또 스스로 말과 생각과 행동을 통해 좋은 정보, 힐링하는 정보를 생산하는 사람이다.

이러한 조건을 갖춘 사람, 홍익의 정신으로 지구사랑 인간사랑을 실천하는 사람이 뉴휴먼이고, 뉴휴먼들의 결집된 힘이 평화의 파워이다. 뉴휴먼은 밝고 강한 사람이다. 선하고 힘이 있는 사람들이다. 그 힘을 자신의 이익이 아니라 전체를 이롭게 하는 데 쓸 줄 아는 성숙한 의식을 가진 사람들이다. 뉴휴먼은 파워있는 뇌를 가진 사람이고, 뇌호흡은 파워있는 뇌를 만드는 방법이다.

파워 브레인 만들기 : 뇌호흡

뇌를 다루는 세 가지 차원

뇌는 몸과 마음이 만나는 곳이다. 그리고 이 두 가지를 이어주는 매체는 에너지이다. 컴퓨터에서 소프트웨어와 하드웨어가 전기를 매개로 하여 하나로 연결되는 것처럼 몸과 마음은 에너지를 매개로 하여 뇌에서 하나로 연결된다. 이 세 가지는 육체physical body, 에너지체energy body, 정보체spiritual body로 표현할 수도 있다. 이것은 존재의 세 가지 모습으로 뇌호흡에서 뇌를 다루는 세 가지 방식의 근거가 된다.

육체의 차원에서 뇌를 활성화하는 것은 몸의 감각을 깨우는 것을 의미한다. 우리가 보고 듣고 느낄 수 있는 것은 감각신경을 통해 전달된 물리적 자극을 뇌가 해석함으로써 이루어진다. 그래서 뭔가 못 느끼던 것을 느꼈다거나 예전에는 못하던 동작을 하게 되었다면, 그것은 자극을 수용하는 감각과 그 자극의 신호를 해석하는 뇌 영역 두 가지가 모두 깨어났음을 의미한다.

우리는 대부분 일정한 행동 및 운동 패턴을 지니고 있다. 그래서 자기도 모르게 몸도 늘 쓰던 부분만, 늘 쓰던 방향대로만 쓰게 되고, 따라서 뇌도 그와 연관된 부분만 주로 활용하게 된다. 그래서 우리가 평소 쓰지 않던 근육을 쓰고, 평소 움직이던 것과 다른 방향으로 몸을 움직이면, 쓰이지 않던 뇌 조직이 깨어나고 활성화되기 시작하는 것이다. 그러므로 몸의 잠든 감각을 깨우는 것이 뇌를 깨우는 가장 기본적인 방법이다.

에너지체의 차원에서 뇌를 활성화하는 것은 기氣를 이용해 뇌를 숨쉬게 하고 뇌에 에너지를 공급하는 것을 의미한다. 몸과의 대화를 통해 감각을 하나하나 깨워나가다 보면, 평소에 느끼던 것과는 전혀 다른 종류의 느낌이 찾아오는데, 그것이 바로 우리 몸에 미묘하게 흐르고 있는 에너지에 대한 감각이다. 이 감각은 우리에게 뇌를 다룰 수 있는 또 다른 채널을 제공한다.

우리의 뇌는 신경세포들로 이루어져 있고 몸의 다른 부위들의 작동을 통제하고 조절하는 기능을 하지만, 스스로를 느낄 수 있는 감각신경도 없고, 스스로를 움직일 수 있는 근육도 없다. 이것은 물리적으로나, 오감五感 차원에서나 뇌를 느끼고 움직일 수 있는 방법이 없음을 의미한다. 우리가 뇌를 느끼고 뇌를 운동시킬 수 있는 것은 다른 차원의 매체와 다른 차원의 감각을 통해서이다. 기 에너지와 기적인 감각을 통해 뇌를 느끼고 뇌를 숨쉬게 하고 뇌를 운동시키는 것이 뇌호흡 수련의 기본이다.

정보체의 차원에서 뇌를 활성화하는 것은 뇌에 좋은 정보를 공급하는 것이다. 무엇이 좋은 정보인가? 지금과 같은 정보의 급류 속에서 좋은 정보를 선택할 수 있는 기준은 무엇인가?

뇌호흡에서 좋은 정보인지 아닌지를 판단하는 최종적인 기준은 '지구'와 '평화'이다. 어떤 정보를 선택하고자 할 때, 우리가 최종적으로 물어야 할 질문은 '이 정보가 나와 내 가족, 나의 회사, 나의 종교에 이로운가'가 아니라 '이

정보가 지구에 이로운가' 이고, '이 정보가 성공과 경쟁에
도움이 되는가'가 아니라 '이 정보가 평화에 도움이 되는
가' 이다.

지구와 평화는 뇌의 정보를 관리하는 일종의 패스워드
(Password, 암호)가 되는 셈이다. 지구는 어떤 국가나 종교
보다 우선하는 가치이고, 평화는 우리가 삶에서 추구하는
모든 가치들의 기반이기 때문이다. 영적인 자각이 이루어
진 뇌는 이 두 개의 패스워드를 모든 선택과 판단의 최종
적인 기준으로 삼는다.

감각이 깨어 있고 에너지가 잘 흐르며, 좋은 정보, 힐링
하는 정보를 생산하는 것이 골드 브레인이고 파워 브레인
이다. 파워 브레인은 평화의 뇌이고 뇌호흡은 평화의 뇌를
만드는 방법이다. 폐로 하는 호흡이 육체를 위한 호흡이고
건강을 위한 호흡이라면, 뇌호흡은 영혼을 위한 호흡이고
평화를 위한 호흡이다.

우리의 뇌는 복잡하고 정밀하지만, 뇌호흡은 복잡하지도,
어렵지도 않다. 단학의 다른 모든 수련법과 마찬가지로 뇌
호흡은 쉽고 편하고 자연스러운 호흡법이다. 뇌호흡의 핵심
은 뇌에 맑고 밝은 에너지와 좋은 정보를 공급함으로써 파
워있는 뇌를 만드는 것이다.

뇌호흡의 단계

뇌호흡은 크게 다섯 단계로 나뉜다. 처음은 뇌 감각 깨우기Brain Sensitizing, 다음이 뇌 유연하게 하기Brain Softening, 세 번째가 뇌 정화하기Brain Cleaning, 네 번째가 뇌 통합하기Brain Re-wiring, 마지막이 뇌 주인되기Brain Mastering 이다.

이 단계들은 뇌의 해부학적 구조와 기능을 기준으로 보자면, 몸 전체로부터 시작하여 뇌의 각 층들을 활성화해 나가는 것이다. 그 과정에서 뇌 안에 있는 무한한 생명 에너지를 일깨우고 뇌의 모든 부분의 기능을 통합시키게 된다.

두 번째로, 영적 성장을 기준으로 보자면 이것은 한 인간이 깨달음에 이르고, 그 깨달음을 자신의 삶 속에서 실천하는 과정이다. 다른 한편, 교육적인 차원에서 보자면 이것은 충만한 생명 에너지와 풍부한 감성과 조화로운 정서, 밝은 의식과 뚜렷한 삶의 목적을 가진 새로운 인간, 뉴휴먼이 되는 과정이다.

뇌호흡의 첫 단계는 몸의 감각을 깨우는 것에서부터 시작한다. 우리의 뇌는 몸의 다른 부분과는 달리 딱딱한 두 개골로 싸여 있어 직접 만지거나 운동시킬 수는 없다. 하지만 뇌는 우리 몸의 각 부위를 관할하는 여러 영역으로 이루어져 있다. 또한 몸의 각 부위와 뇌의 해당 영역은 서로 긴밀하게 상호작용하기 때문에, 몸을 움직이고 몸의 감각을 자극함으로써 뇌의 해당 영역을 활성화시킬 수 있다.

이렇게 해서 우리의 감각이 충분히 깨어나고 집중력이 높아지면, 의식을 집중함으로써 자기 몸 내부의 미묘한 에너지의 흐름을 느끼고 조절할 수 있게 된다. 우리 몸의 일부로서 뇌도 이와 같은 방식으로 다룰 수 있게 된다.

뇌호흡의 두 번째 단계는 굳어진 뇌회로를 유연하게 하고, 뇌세포간의 커뮤니케이션을 활성화하여 제한된 숫자의 뇌세포를 가지고 뇌의 능력을 극대화하는 것이다. 뇌세포간의 커뮤니케이션을 한정짓는 것은 하드웨어적으로 표현하면 고정된 뇌회로와 신경망이다. 이것을 소프트웨어적으로 표현하면 고정관념과 습관이라 할 수 있다. 이 단계는 우리의 뇌를 유연하고 자유롭게 하며 뇌세포간의 커뮤니케이션과 협력을 향상시킬 수 있는 수련법들로 구성되어 있다.

뇌호흡의 세 번째 단계는 뇌에 저장된 감정의 기억들을 정화함으로써 뇌를 밝고 가볍게 만들어 주는 과정이다. 대부분의 기억은 사실적인 기억에 감정 에너지가 결합된 형태로 뇌에 저장된다. 거기에 비슷한 유형의 자극이 주어지면 저장된 감정 에너지가 함께 재생되어 최초의 경험과 유사한 감정 반응들을 보이게 된다. 이러한 감정의 기억들은 살아가는 동안 다양한 방식으로 희석되고 정화되지만 사람에 따라서는 같은 기억을 평생 지니고 살면서 동일한 감정 반응을 되풀이하기도 한다. 뇌 정화하기에서 사용하는 수련법은 의식적으로 감정 에너지를 놓아버리는 릴리스(Release, 놓아버림) 수련이다. 감정이 정화된 후 사실적인 기억은 우리 뇌에 남아 경험적인 자료로 활용된다.

뇌호흡의 네 번째 단계는 구피질 너머에 있는 뇌의 무한한 생명 에너지와 잠재력을 일깨우는 과정이다. 이 단계는 우리의 의식이 생각(신피질)과 감정(구피질) 너머에 있는 생명의 율동을 만남으로써 완성된다. 이 단계는 또한 자신의 의식이 우주 생명의 리듬인 율려와 하나 되는 것을 말한다. 이 과정을 통해서 우리의 신피질이 가진 창조력은 스스로를 실현하기 위한 강력한 에너지원을 갖게 되고, 뇌의 모든 기능이 완전한 통합을 이루게 된다.

뇌호흡의 다섯 번째 단계는 뇌의 완전한 주인이 되는 과정이다. 뇌의 주인이 된다는 것은 통합된 뇌의 창조력을

100퍼센트 활용하는 것을 말한다. 뇌는 정보를 먹고 자라고 정보에 의해 움직이기 때문에, 뇌를 100퍼센트 활용할 수 있는 열쇠는 뇌를 깨우는 정보, 뇌를 신나게 하는 정보, 뇌가 기쁨으로 일하게 할 수 있는 정보이다. 그러한 정보를 '비전vision'이라고 한다. 크고 밝은 비전이 뇌를 100퍼센트 살아 움직이게 한다.

뇌를 살아 움직이게 하는 비전은, 생각을 복잡하게 할 필요가 없을 만큼 단순하고, 오해의 여지가 없을 만큼 명료해야 한다. 그리고 시간과 에너지를 투자할 만큼 현실성 있고, 성공 여부와 진행 정도를 정확히 점검할 수 있을 만큼 구체적이고, 100퍼센트의 에너지를 쏟을 만큼 매력적이어야 한다.

무엇보다 비전은 홍익의 목적에 맞고 지구 평화에 이바지할 수 있어야 한다. 어떤 도덕적 당위에서가 아니라 우리 내면의 신성이 홍익과 평화를 원하고, 우리의 뇌가 그 일을 하도록 만들어져 있기 때문이다.

단학과 뇌호흡에서 건강의 의미

몸과 마음이 건강하다는 것은 단순히 몸과 마음에 질병이 없는 것 이상을 의미한다. '병이 없다'는 것은 건강의 출발점에 지나지 않는다. 단학과 뇌호흡에서 몸과 마음의 건강은 '몸과 마음이 가진 기능과 에너지를 100퍼센트 의도대로 쓸 수 있는 상태'라고 정의한다.

건강에 대한 이러한 정의는 '내 몸은 내가 아니라 내 것'이라는 자각을 바탕으로 하고 있다. 우리의 몸과 마음은 그 자체가 목적이라기보다는 영혼이 원하는 바를 이루기 위한 도구이다. 그 목적을 위해 제대로 쓰이지 못한다면 아무리 튼튼한 몸과 좋은 머리도 실제로는 제 구실을 못하고 있는 것이다. 도구는 목적에 맞게 쓰여질 때 제 기능을 한다. 영혼이 원하는 바를 이루기 위한 도구로 제대로 쓰일 때라야, 몸과 마음의 모든 기능들이 살아나고 건강할 수 있다.

사회적 건강은 사회적 관계 속에서 역할과 책임을 통해 정의되는 건강의 개념으로 몸과 마음의 건강을 전제로 한다. 사회적인 생명의 근거가 되는 책임과 역할을 맡기 위해 능력도 필요하고 정보와 기술도 필요하다. 그리고 사회적 건강을 유지하고 사회적 생명력을 키우기 위해서 사회적 관계도 필요하고 공동체도 필요한 것이다. 사회적 건강은 사회적 관계 속에서 자신에게 부여된 역할을 책임감 있게 수행함으로써 얻어지는 것으로, 역할과 책임의 크기, 그리고 다른 사람에게서 얻는 신뢰의 정도를 통해 평가된다.

육체적·정신적인 건강을 유지하려면 운동, 영양, 오락, 휴식 등이 필요하듯 사회적 건강을 유지하기 위해서 반드시 갖추어야 할 요소가 있다. 바로 정직과 성실과 책임감이다. 이 세 가지는 지구인의 기본 생활윤리라고 할 수 있다.

완전한 건강을 위해 그 다음으로 필요한 것은 영적인 건강이다. 영적인 건강을 판단하는 기준은, 첫째, 자신의 영성(신성)에 대한 자각이 있는가, 둘째, 전체를 이롭게 하고자 하는 마음이 있는가, 셋째는, 자기 뇌의 정보를 적절하게 다룰 수 있는가이다.

영성에 대한 자각은 영적 건강의 가장 기본적인 전제이다. 육체와 인격이 자신의 전부가 아니라는 것, 자신은 육체와 인격 이상의 영적인 존재라는 자각이 없는 상태에서는 영적인 건강은 아무런 의미도 가질 수 없기 때문이다.

두 번째로, 전체를 이롭게 하고자 하는 마음은 영적인 자각의 수준 혹은 진위를 판단하는 기준이 된다. 참다운 영적인 자각이 있을 때 전체를 이롭게 하고자 하는 마음은 자연스럽게 생겨나기 때문이다.

마지막으로, 자기 뇌의 정보를 적절하게 다룰 수 있다

는 것은 영적인 면역력 혹은 자가 치유력이 있다는 뜻이
다. 또한 스스로 긍정적인 정보를 생산할 수 있고, 자기
뇌에 부정적인 정보가 들어왔을 때 적절하게 처리할 수 있
다는 것을 의미한다.

이 모든 것을 다 종합했을 때 결국 건강은 '영적인 자각을
통해 자기 삶의 목적이 무엇인지를 바로 알고, 그 목적을 위해 몸과 마
음의 기능과 에너지를 100퍼센트 활용할 수 있는 상태' 라고 할 수 있
다. 단학과 뇌호흡은 몸의 건강으로부터 시작하여(건강), 마음을 주인
답게 넓고 밝게 쓰는 법을 스스로 익히고(행복), 더 나아가 자신이 누구
인지 그리고 무엇을 위해 살아야 할지를 자각하고(깨달음), 그러한 자
각을 사회 속에서 실천함으로써 전체를 유익하게 하는(완성) 종합적인
건강법이다.

이것은 몸의 건강과 마음의 행복과 영혼의 깨달음을 얻
고, 영적인 완성을 이루는 것을 의미한다. 영적인 완성은
혼자 살면서 이루어지는 것이 아니라 공동체 속에서 전체
를 유익하게 함으로써 이루어지는 것이다. 그러한 가운데
사람들과 좋은 관계도 형성하고 신뢰도 얻고 책임감도 갖
게 된다. 홍익을 실천하는 가운데 사회적 건강도 얻게 되
는 것이다. 단학과 뇌호흡은 이러한 모든 과정을 관념적이
고 교리적인 가르침을 통해서가 아니라, 체험과 실천을 통

해 스스로 터득하고 배우게 한다.

단학과 뇌호흡의 교육 방법의 특징

단학과 뇌호흡의 교육 방법의 핵심은 학습이 아니라 감각의 회복이다. 우리는 살기 위해 많은 것을 배워야 한다고 생각한다. 현대의 도시화된 삶은 우리에게 참으로 많은 것을 배우라고 요구한다. 사람들을 만나고 컴퓨터를 사용하고 은행이나 지하철을 이용하는 것은 물론이고, 노래하고 춤추고 노는 것까지 배워야 한다.

하지만 우리의 생명을 유지하는 데 꼭 필요한 것들은 숨쉬고 물 마시는 것처럼 아주 단순한 것들이다. 우리는 이러한 것들을 배운 적이 없다. 배운 적이 없기 때문에 잊어버리는 일도 없다.

단학은 가장 단순하면서도 가장 중요한 생명 현상인 숨쉬기에서 시작하여 우리가 원래 가지고 있는 건강한 생명의 감각을 하나씩 깨워나간다. 그러는 가운데 몸이 건강해지고, 조화와 균형을 알게 되고, 나중에는 하늘과 땅의 마음을 느낄 수 있는 천지인이 된다.

단학과 뇌호흡은 양심을 회복시키는 교육이다. 지식과

기능은 가르치고 배울 수 있지만, 양심은 가르칠 수 없다. 양심은 그것을 가리고 있는 거짓된 정보들을 걷어내고, 스스로를 보게 함으로써 회복되는 것이다. 양심을 회복시키는 것은 윤리교육과도 다르다. 윤리교육은 사회적으로 옳다고 인정된 행동에 관한 정보를 뇌 속에 입력하는 것에 불과하다. 그렇게 입력된 정보도 양심이라는 바탕이 없으면 전혀 힘을 발휘하지 못한다. 양심이 전제되지 않으면 튼튼한 몸이나 좋은 머리도 목적을 상실한 도구가 되어 버리고 만다.

마찬가지로 물질적·기술적 기반(튼튼한 몸)과 첨단의 정보(좋은 머리)들도 양심이 전제되지 않았을 때는, 지금 우리가 보고 있는 것처럼 인류만이 아니라 모든 생명체들의 생존을 위협하는 위험 요소가 될 수도 있다.

단학과 뇌호흡은 '평화의 힘'을 체험하게 하는 교육이다. 보통 평화를 상징하는 동물이라고 하면 유순한 양이나 비둘기를 생각한다. 그래서 평화는 무력한 것과 쉽게 혼동되곤 한다. 그러나 평화는 무기력이 아니라 살아숨쉬는 생명력이다. 평화는 어떤 폭력보다도 강한 힘이다. 그것은 관념적인 힘이 아니라 세상을 치유할 수 있는 실질적인 에너지이고, 밝고 강하고 선한 파워이다. 자기를 사랑할 줄 모르는 사람이 남을 사랑할 수 없는 것처럼, 내면에 평화의 힘이 없는 사람은 세상을 평화롭게 할 수 없다.

평화는 이해하는 것이 아니라 체험하는 것이다. 평화의 힘을 체험하지 않고서는 평화를 실천할 수 없고, 지구 평화에 이바지할 수도 없다. 단학과 뇌호흡은 천지기운과 천지마음을 느끼게 하고, 자신의 몸과 이름과 인격 너머에 있는 자신의 실체를 자각하게 함으로써, 자신을 실현할 수 있는 파워와 자신감을 주고, 평화의 파워를 사용할 수 있게 한다.

단학과 뇌호흡은 뇌의 주인이 되게 하는 교육이다. 뇌호흡은 영혼을 깨우는 호흡이다. 뇌호흡을 통해 영적 각성이 이루어지면, 그 동안 뇌를 지배해 왔던 관념적 정보들이 자리를 비키고 우리의 영혼이 뇌의 주인이 된다. 이러한 각성이 있을 때 우리는 지금껏 자신을 지배해온 많은 정보들이 사실은 제도화된 관념에 지나지 않는 것임을 알게 된다. 그리고 그 정보를 선택하고 활용할 수 있는 힘이 자기 자신에게 있다는 사실을 깨닫게 된다.

스스로 뇌의 주인이 되었을 때 우리는 단순히 정보를 받아들이기만 하는 것이 아니라 스스로 정보를 창조할 수 있다. 자신의 영적 성장에 도움이 되고 세상을 이롭게 할 수 있는 좋은 정보를 만들어 낼 수 있게 되는 것이다.

신성&양심

우리는 어떻게 깨달을 수 있는가?
깨달음을 얻을 수 있는 이유는 우리에게
본래부터 깨달을 수 있는 조건이 갖추어져 있기
때문이다. 그 조건은 우리가 가진 본래의 완전성이고
신성이다. 이 완전성의 의지적 표현을 가리켜
양심(良心, 밝은 마음)이라고 한다.

깨달음, 영혼의 각성

깨달음은 무엇인가?

깨달음의 본질 : 선택

깨달음은 평화만큼이나 추상화되고 관념화되어 왔다. 깨달음이 무엇인가? 그것이 무엇이길래 최고의 정신적인 가치를 부여하고 많은 사람들이 그것을 얻겠다고 찾아다니는가? 왜 깨닫고자 하는가? 깨달음의 목적이 무엇인가?

평생 동안 깨달음을 추구해온 사람도 막상 '왜 깨달으려고 하는가' 라고 물으면 갑자기 할 말을 잃는다. 목표가 분명하지 않은데 어떻게 그 목표를 이루겠는가? 타겟이 분명하지 않으면 헛발질만 하게 되듯이, 목표가 분명하지 않으면 평생 무지개를 좇느라 소중한 시간을 허비하게 된다.

깨달음은 선택이다. 깨달음은 원래 자신 안에 가지고 있는 것을 발견하는 것이고, 자신의 참 모습을 자기라고 인정하는 것이다. 자신의 실체가 몸과 그 위에 덧씌워진 정보가 아니라 자신의 영혼이요, 시작도 끝도 없는 영원한 생명이라는 것을 아는 것이다. 나는 그것을 '천지기운 천지마음'이라고 표현하였다.

깨달음은 자신 안에서 조화의 원리와 자연 법칙을 발견하는 것이고, 평화심과 조화심을 찾는 것이다. 조화의 원리를 아는 것이 곧 깨달음이다. 근본이 되는 원리를 알기 때문에 그 근본에서 나온 모든 이치가 이해되고 직관력과 통찰력이 생긴다.

깨달음은 관념으로부터 자유로운 인식이고, 선택할 수 있다는 것에 대한 자각이며, 전체를 이롭게 하고자 하는 마음이다. 영혼의 각성이 있을 때 비로소 '선택'이라는 말의 의미가 이해된다. 영혼의 각성을 통해 우리는 '선택하는 존재'가 되고, 스스로 자기 삶의 주인이 된다. 영혼의 눈을 뜸으로써 모든 정보가 정보라는 것을 알고, 정보의 지배를 받는 것이 아니라 자신의 선택에 의해 정보를 사용하게 된다. 영적인 각성에 의해 매트릭스(거짓 자아, 환상)가 깨어지고 마법이 풀리는 것이다.

선택할 수 있다는 것에 대한 자각은 우리에게 책임감의 진정한 의미를 알게 한다. 자신에게 선택권이 주어져 있다는 사실을 알기 때문에, 자기 삶과 현재 자신이 속한 사회, 그리고 앞으로 지구에서 살게 될 후손에 대해서까지 책임지고자 하는 마음을 갖게 되는 것이다.

마지막으로 전체를 이롭게 하고자 하는 마음은 영적 각성으로부터 자연스럽게 생겨난다. 영혼의 본성이 사랑이고 평화이기 때문이다. 또한 우리의 영혼은 모든 것의 근원이 하나임을 알기 때문이다. 깨달은 영혼은 관념으로부터 자유로운 눈으로 세상을 보고, 지금 세상에 무엇이 필요한지를 판단(선택)하고, 그 필요에 따라 세상을 이롭게 하는 일을 하게 된다.

깨달음의 의미

우리는 어떻게 깨달을 수 있는가? 깨달음을 얻을 수 있는 이유는 우리에게 본래부터 깨달을 수 있는 조건이 갖추어져 있기 때문이다. 그 조건은 우리가 가진 본래의 완전성이고 신성이다. 이 완전성의 의지적 표현을 가리켜 양심(良心, 밝은 마음)이라고 한다. 양심은 우리의 의식 안에 프로그래밍된 사회적 규범이나 윤리와는 다르다. 양심은 진실을 사랑하며 진실되고자 하는 의지로서, 우리 내면의 완전함, 곧 신성의 표현이다.

양심은 그 무엇으로도 가릴 수 없고 외면할 수도 없는 우리 내면의 밝은 빛이고 완전한 앎이다. 양심이 있기 때문에 우리는 잘못했을 때 잘못했음을 알고, 균형을 잃었을 때 균형을 잃었음을 안다. 양심은 노력을 통해 얻은 결과가 아니라 처음부터 그렇게 주어져 있는 것이다. 이 완전한 앎이 바로 깨달음이고, 그 존재를 인정하는 것은 우리의 선택이다.

깨달음의 목적은 무엇인가? 왜 깨닫고자 하는가?

깨달음은 명예나 훈장이 아니며, 깨달음 그 자체가 목적도 아니다. 깨달음이란 자신이 왜 지금 여기에 존재하는지 알고, 자기 몫의 레이스를 달리기 위해 출발선에 서는 것이다. 출발선에 서서 골인 지점을 보는 것과 실제로 달려서 골인하는 것은 다르다. 깨달음은 단지 출발일 뿐 그 자체가 완성은 아니다.

어떤 종류의 경주이든 어떤 코스를 달리든 최종적인 목적은 결국 한 가지이다. 그 목적은 평화를 실현하고 영적인 완성을 이루는 것이다. 평화를 실현하는 것과 영적인 완성을 이루는 것은 따로 떨어져 있지 않다. 우리의 본성이 평화이기 때문이다. 평화를 실현함으로써 영적 완성을 이루는 것이 깨달음의 이유이고 목적이다.

깨달음의 방법은 무엇인가?

깨달음은 본질적으로 선택이다. 올바른 선택을 하기 위한 가장 좋은 안내자는 자기 내면의 신성이다. 신성의 안내를 받을 수 있는 가장 확실한 길은 자기 뇌와 대화하는 것이다. 당신의 신성, 곧 당신의 영혼은 당신의 뇌 속에 있고, 당신 영혼의 감각기관은 당신의 가슴에 있다. 영혼은 뇌를 통해서 당신에게 메시지를 전하고, 가슴의 느낌을 통해 그 메시지가 얼마나 진실한지를 말한다.

자신의 뇌를 느끼고 뇌를 사랑하고 뇌와 깊은 영적인 교류를 하는 것, 가슴의 느낌에 집중하고 뇌의 메시지에 귀 기울이는 것, 그것이 신성의 안내를 받을 수 있는 가장 좋은 방법이다. 뇌호흡은 그 과정을 보다 쉽게 체험할 수 있도록 도와주고 안내해주는 교육방법이다.

깨달음의 결과는 무엇인가?

깨달음은 자기 안에 있는 평화의 본성을 찾고, 조화의 원리를 회복하는 것을 의미한다. 이것은 또한 자기가 누구인지 자기 삶의 목적이 무엇인지 아는 것이다. 이전까지 자신을 지배해오던 관념적 정보들을 벗어버리고, 새로운 정체성과 새로운 삶의 목적을 갖는 것이다. 새로운 자기 정체성과 삶의 목적은 미리 정해져 있는 것도 아니고, 다른 사람이 강요하는 것도 아니다. 조화의 원리를 자각하고 그 원리에 맞는 삶을 살기 위해 무엇을 해야 할지, 자신의 양심을 근거로 선택하는 것이다.

내게 있어서 그 선택은 사회를 힐링하고 지구를 힐링하는 것이었다. 내가 힐링을 선택한 것은 그것이 지금의 지구 상황에서 내가 진실되게 살 수 있는 유일한 길이었기 때문이다. 깨달음은 선택이고, 그 깨달음을 실천하는 것이 힐링이다.

깨달음이 내게 가져다 준 것

깨닫는다는 것은 달리 말하면 정상인이 되는 것이다. 정상인의 몸과 마음은 정상적으로 느끼고 정상적으로 반응한다. 감각이 정상적이기 때문에 사물을 정상적으로 느끼고 정상적으로 본다. 손가락 한 개를 한 개로 바로 볼 줄 안다. 깨달음과 상관없이 뜨거운 건 뜨겁고, 차가운 건 차고, 아픈 건 아프다. 슬픈 건 슬프고, 기쁜 건 기쁘다.

다만 다른 점이 있다면, 몸과 마음이 자신이 아니라 자신의 것임을 알고, 자신이 가진 모든 것을 세상을 널리 이롭게 하는 데 쓰고자 한다는 것이다. 그렇기 때문에 비록 고민을 해도 그 고민 또한 사랑이고 기쁨이고 행복일 수 있다. 번뇌와 고민이 없는 것이 아니라 큰 고민과 번뇌 속에 작은 고민과 번뇌들이 다 녹아 없어지는 것이다.

20년 전 안양의 한 작은 공원에서 지구인 운동을 처음 시작했을 때, 나는 내가 가진 지구 평화에 대한 열망과 비전을 하나의 '가설'로 상정했다. 그리고 내 일생에 걸친 실천을 통해 그 가설을 입증하기로 뜻을 세웠다. '내가 나의 깨달음을 나눌 수 있고 전할 수 있고 실현할 수 있으면 나의 깨달음은 참이고, 그렇지 않으면 가짜이다.' 이것이 나의 생각이었다.

나눌 수 없고 전할 수 없고 세상을 구체적으로 이롭게 할 수 없는 깨달음이라면, 그 깨달음이 무슨 소용이 있는가? 그러한 깨달음은 꿈이고 환상이다. 알아도 행하지 않는 깨달음이 또한 무슨 소용이 있는가? 실천이 없는 깨달음은 거짓이고 죽은 것이다.

나는 남달리 머리가 뛰어나거나 학식이 많은 사람이 아

니다. 하지만 나는 나의 영혼이 원하는 바를 알고 그것을
위해 물질과 에너지와 정보를 사용할 줄 안다. 모른다는 것
은 두려워 할 일이 아니다. 그것은 단지 정보가 부족한 것일 뿐이다.
우리가 정말 두려워해야 할 것은 모르는 것이 아니라, 아는 것을 행
하지 않는 것이다.

깨닫고 난 뒤 내가 처음 실천한 일은 평소보다 일찍 일
어나는 것이었다. 그리고 공원에 나가 기를 이용한 체조를
가르치기 시작했다. 중풍으로 거동이 불편한 한 사람을 앞
에 두고 체조를 가르치기 시작한 일이 발전해서 여기까지
오게 된 것이다. 평소보다 조금 일찍 일어나서 뭔가 세상
에 도움이 될 만한 일을 하는 것은 누구나 할 수 있는 작
은 선택이었다. 그러나 지금과 같은 '지구인 운동'의 모양
이 만들어질 수 있었던 것은 그때 선택한 삶의 방향을 20
년 동안 한결같이 지켜왔기 때문이다.

남이 못 보는 것을 보고, 남이 못 듣는 것을 듣는 것이
기적이 아니다. 정말로 큰 기적은 희망을 잃은 사람들의
가슴에 희망의 등불을 켜주는 것이고, 흩어진 사람들의 마
음을 하나로 모으는 것이다. 그렇게 모인 마음이 전체를
이롭게 하는 어떤 한 가지 목표에 집중되고, 그 목표를 향
해 꾸준하게 나아갈 때, 그 작은 희망의 등불들이 모여 인

류의 앞날을 밝힐 찬란한 태양SUN이 된다.

깨달음에 바탕을 둔 삶의 새로운 원칙들

깨달음 자체보다 더 중요한 것은 깨달음의 실천이다. 이것은 깨달음을 통해 자각한 조화의 원리가 사고의 법칙이 되고 행동의 법칙이 되는 것을 의미한다. 깨달음을 통해 자각한 조화의 원리가 사고의 법칙과 행동의 법칙으로 되지 않으면 그것은 완전한 깨달음이 아니다.

조화의 원리가 사고의 법칙이 되고 행동의 법칙이 될 때, 비로소 우리는 지금까지 우리의 삶을 규정해오던 원칙들, 이제껏 당연하게 받아들여 왔고 그 타당성에 대해 한 번도 의심해보지 않았던 삶의 원칙들이 원리적으로도 옳지 않고 현실적으로도 타당하지 않다는 것을 알게 된다. 그리고 이 지구상에 건강하고 조화로운 생명의 질서를 회복하고 지구 평화를 실현하기 위해 삶의 기본 법칙들이 달라지지 않으면 안 된다는 것을 알게 된다.

깨달음이 상식이 되는 사회는 이러한 새로운 삶의 원칙이 당연시되는 사회이다. 동시에 이 원칙들은 깨달음을 선택한 사람들이 스스로의 깨달음을 검증하는 기준이 되기도 한다. 크게 다섯 가지로 정리되는 이 원칙은 '공전과 자전, 구심력과 원심력, 공평과 평등'이라는 조화 원리의 핵심이 사고의 법칙과 행동의 법칙으로 표현된 것이다.

　첫째, 삶의 목적이 성공에서 완성으로 달라진다. 성공은 부와 명예를 쌓는 것으로 이루어지지만, 완성은 자기 삶의 목적을 알고 그 사명을 다함으로써 이루어진다. 성공은 다른 사람과 비교되는 상대적인 평가이지만, 완성은 자신의 신성(양심)을 기준으로 한 절대적인 평가이다. 성공을 위해서는 경쟁이 필요하지만 완성은 경쟁을 필요로 하지 않는다. 성공은 선착순의 달리기이지만, 완성은 각자의 우승컵이 준비되어 있는 달리기이기 때문이다.
　성공에 이르는 길은 서로 경쟁하며 가는 길이지만, 완성에 이르는 길은 서로를 도우며 가는 길이다. 자신이 영적으로 성장하는 길은 다른 사람이 영적으로 성장하도록 돕는 것이다. 자신이 완성에 이르는 가장 확실한 길은 다른 사람이 완성에 이르도록 돕는 것이기 때문이다.
　둘째, 인간 관계의 방식이 지배에서 존중으로 달라진다. 다른 사람을 대하는 방식이 지배에서 존중으로 바뀌는 것은 신성의 존재에 대한 믿음이 있기 때문이다. 내게 신성이 있는 것처럼 상대에게도 신성이 있고, 내가 양심을 따르는 것처럼 상대도 양심을 따를 것임을 알기 때문에 서로 존중할 수 있는 것이다.

서로의 신성에 대한 확신이 있으므로, 서로를 하늘 대하듯 하고, 비록 기능에 따라 사회적 역할에 차이가 있을지라도 그 역할의 차이를 이유로 사람을 함부로 대하지 않는다. 이것이 진정한 민주주의의 기초이다. 모든 사람의 내면에 있는 양심과 신성이 자유, 평등, 박애라는 민주주의적 이상理想의 전제이기 때문이다.

셋째, 거래방식이 경쟁에서 화합으로 달라진다. 양심을 밝힌 사람이 마지막까지 지켜야 할 것은 정직이고 진실이다. 양심을 저버리는 것은 자기 안의 하늘을 저버리는 것이다. 이익을 위해 양심을 저버리는 것은 결국 깨닫지 못했다는 증거이다. 깨달은 사람은 양심을 지키는 것이 곧 자기를 지키는 것이고 자신 안의 신성을 지키는 것임을 안다. 그렇기 때문에 아무리 큰 이익이 걸려있는 거래라 할지라도, 정직하지 못한 수단으로 상대를 속여 이익을 구하려 하지 않는다. 거래를 통해 우리가 진정으로 얻어야 할 것은 서로의 이익을 존중하는 것이고 서로에 대한 신뢰이며 자기 양심의 흡족함이다.

넷째, 재산 개념이 소유에서 관리로 달라진다. 깨달음을 통해 우리는 소유라는 것이 우리의 착각이고 고집스러운 관념에 지나지 않는다는 것을 안다. 우리가 가진 모든 것, 우리 자신의 육체까지도 성장을 위해 사용할 자원과 도구로서 우리에게 잠시 허락된 것일 뿐이다. 우리는 원래 소유자가 아니라 관리자인 것이다. 우리가 세상을 떠날 때 가지고 가는 것은, 스스로에게 정직했고 맡겨진 책임을 다했으며 세상에 유익을 주었다는 양심의 흡족함과 내면의 평화일 뿐이다. 그 흡족함과 평화야말로 무엇을 주고도 살 수 없고 누구도 빼앗을 수 없는 진정한 자신의 것이다.

이러한 관점에서 보자면 경제적 성취는 '얼마나 가졌는가'가 아니라 '얼마나 잘 관리했으며 전체의 삶을 어떻게 유익하게 하였는가'를 기준으로 평가되어야 한다. 훌륭한 관리자란 지구로부터 허락받은 자원과 시간을 활용하여 전체를 이롭게 함으로써 자신의 영혼을 성장시킨 사람이다.

다섯째, 이익 개념이 사익에서 공익으로 달라진다. 깨달음이라는 의식 속에서는 이익의 개념이 또한 완전히 달라진다. 여기서는 공적 이익과 충돌하는 사적 이익이라는 개념이 존재할 수 없기 때문이다. 공적 이익과 충돌하는 이익은 이미 이익이 아니다. 전체를 이롭게 하지 않고서는 자신을 이롭게 할 수 없고, 사적 이익은 공적 이익에 기여할 때만 이익이기 때문이다.

이러한 이익 개념의 변화는 현재의 자본주의 시장경제가 가진 결함을 보완해 준다. 수요와 공급의 균형을 통해 가치의 상대적 차이를 평가하고, 그 평가에 따라 자원을 배분하는 지금의 시장 시스템에서는 삶을 유지하는 데 있어서 정말로 중요한 본질적인 가치들은 가격으로 표현되지 않는다. 따라서 그 가치들이 소모되거나 파괴되어도 비용으로 계산되지 않는다.

예를 들어 생태계를 구성하는 생물 한 종의 시장가치는 얼마이고, 우리의 생명을 유지하는 데 꼭 필요한 깨끗한 자연 환경의 시장가치는 얼마인가? 생물 한 종이 사라지고 강물이 오염되었을 때 우리는 얼마를 손해본 것이고, 그 비용은 누가 감당해야 하는가? 이러한 문제는 시장 시스템을 개선하고, 가격 결정 방식을 더 정교하게 만든다고 해결될 수 있는 문제가 아니다. 가치에 대한 근본적인 인식이 달라져야 하는 것이다.

이익 개념의 변화는 대학의 경제학 강의실에서 일어나는 변화가 아니다. 지구 중심의 가치체계와 홍익 정신(평화 철학)을 자신의 세계관, 자신의 삶의 철학으로 선택한 사람들에서 일어나는 변화이다.

깨달음이 상식이 된 사회

깨달음이 상식이 되면 무슨 일이 생길까? 우리의 삶이 어떻게 달라질까?

모든 사람들이 관념이 아니라 원리를 통해 세상을 보고 판단하게 될 때, 모든 뒤집혀진 가치들이 바로잡히고, 제자리를 벗어난 것들이 제자리를 찾게 된다. 손가락 하나를 손가락 하나로 보는 정상적인 감각으로 세상을 보고 원리에 맞게 판단하고 선택하기 때문이다. 이때에는 종교적·정치적·문화적 관념과 습관에 사로잡혀 사실을 사실대로 보지 못하는 사람, 이원론적 세계관에 갇혀 이기심과 개인주의를 벗어나지 못하는 사람은 원시인 취급을 받게 될 것이다.

모든 사람들이 조화의 원리를 회복하고 평화의 본성을 되찾을 때, 그리고 조화의 원리와 자연의 법칙이 상식이 될 때, 원리와 법칙에 맞지 않는 억지가 사라진다. 옳지 않은 것을 옳게 보이도록, 참이 아닌 것을 참인 것처럼 보이도록 하는 모든 억지와 부자연스러움이 사라진다. 모든 사람이 무엇이 진리인지 어떻게 사는 것이 바른 삶인지 알때, 억지를 부리는 사람이 스스로 부끄러워지기 때문이다.

억지는 사람들이 억지가 억지인 줄 모를 때 통하는 것이다. 진리가 상식이 되고 원리가 습관이 되면 거짓이 통할 수 없고 억지가 통할 수 없다. 억지가 통하지 않을 만큼 사람들의 의식이 밝아진 세계가 진정한 광명세계이다. 그것은 본성이 다스리는 세계이고 양심이 다스리는 세계이다. 조화의 원리가 지켜지는 조화의 문명이다.

영적 완성에 이르는 길

성장과 완성의 의미

이른바 영적인 성장을 추구하는 많은 사람들이 자신의 목적은 깨달음이라고 말하고, 그것을 찾아 세월을 보낸다. 그러나 영적 완성에 이르는 길에서 깨달음은 출발점이지 목적지가 아니다. 깨달음은 이미 자신이 가지고 있는 것을 가지고 있다고 인정하는 것이고, 자신의 참모습을 자기라고 승인하는 것이다. 그렇기 때문에 깨달음은 선택이지 노력의 대가로 얻는 성취가 아니다.

정말로 중요한 것은 아는 것이 아니라, 아는 것을 행하는 것이다. 안다고 자기가 아는 것을 다 행하는 것은 아니다. 아는 것을 실천하는 것은 또 다른 선택이다. 만약 자동기계처럼 선택의 여지없이 아는 것이 저절로 행동으로 옮겨진다면 거기에는 아무런 공덕도 없고 그러한 삶을 특별히 귀하게 여길 이유도 없을 것이다. 스스로 진실한 삶을 살기로 선택하고 그 선택에 대해 끝까지 책임을 지니까 그 삶에 향기가 있고 아름다움이 있는 것이다.

완성을 목적으로 사는 사람은, 자신의 신성(양심)을 정직하게 인정하고, 그 양심을 바탕으로 성실하게 최선의 선택을 하며, 그 선택에 대해 끝까지 책임진다. 대개의 경우 사람들은 책임을 져야 한다는 부담감 때문에 자신의 양심을 인정하려 하지 않고, 양심을 인정하고도 애써서 최선의 선택을 하기보다는 편한 것을 선택한다. 또 바른 선택을 했다 해도 그 선택에 대해 끝까지 책임지지도 않는다. 비밀스러운 수련이나 신비적인 지식이 아니라, 바로 정직과 성실과 책임감의 차이가 완성과 미완성의 차이를 만든다.

영적 성장이 이루어지는 방식

인간은 영靈과 혼魂과 백魄이 결합된 존재라고 할 수 있다. 영이 소프트웨어(정보)이고 백이 하드웨어(몸)라면 혼은 사용자에 해당한다. 혼은 사용자이고 성장에 대한 욕구이며 완성을 향한 의지이다. 컴퓨터의 하드웨어가 용도를 다하면 폐기되고 재활용되는 것처럼, 우리의 몸도 용도를 다하면 다시 원래의 원소들로 돌아가 재활용된다. 또한 컴퓨터의 소프트웨어가 필요에 따라 버전업되는 것처럼, 우리도 필요에 따라 항상 더 좋은 정보를 찾고 기존의 정보를 더 좋은 정보로 대체한다.

그러나 하드웨어는 재활용되고 소프트웨어는 버전업될 뿐 성장하는 것이 아니다. 성장하는 것은 소프트웨어나 하드웨어가 아니라 사용자이다. 정보(영)나 몸(백)이 성장하는 것이 아니라, '혼'이 성장하는 것이다. 영적 성장이란 혼의 성장을 의미하고, 영적 완성이란 '혼 soul'이 자라 '한 God'과 하나 되는 것을 의미한다.

'사용자·의지·혼'이 성장하면 그만큼 더 높은 수준의 정보를 원하게 되고, 더 높은 수준의 정보를 처리하려면 하드웨어 또한 업그레이드되어야 한다. 즉, 뇌의 진화가 일어난다. 이 과정은 반대로 일어날 수도 있다. '사용자·

의지·혼'의 수준이 낮아지면 원하는 정보의 수준이 낮아지고 소프트웨어의 수준이 낮아지면서 하드웨어도 함께 퇴화된다. 우리의 뇌는 항상 낭비 없이 가장 적절한 수준에서 기능하도록 디자인되어 있어서, 어떤 기능이 필요 없게 되면, 그 불필요한 기능을 오래 유지하지 않기 때문이다.

정보의 세계는 누구에게나 열려 있다. 하지만 정보가 개방되어 있어도 어떤 정보를 선택할 것인지는 결국 의지(욕구)의 수준 문제이다. 온갖 종류의 책이 다 진열되어 있는 책방에서 어떤 책을 고를지는 결국 욕구의 수준에 따라 달라지는 것이다. 아무리 좋은 정보가 옆에 있어도 그 정보에 관심이 없으면 아무런 의미도 없을 것이기 때문이다. 중요한 것은 '진정으로 원하는 것이 무엇이냐'는 것이다.

그렇기 때문에 의식 수준을 결정하는 것은 지성의 수준이 아니라 욕구의 수준이다. 많은 사람들이 지적인 수준과 의식 수준을 혼동하지만, 지적인 이해의 수준과 의식 수준은 동의어가 아니다. 얼마나 많이 아는가가 아니라 알고 있는 것을 가지고 무엇을 하고자 하는지가 의식 수준을 결정한다.

한

'홀로 스스로 존재하는 영원한 생명'을 가리켜
'무'라고도 하고 '공'이라고도 한다. 이것이 바로
천부경에서 말하는 '하나(一)'이며 '한'이다.
이것은 시작도 끝도 없는 하나이며
모든 존재가 시작되고 돌아가는 근본자리이다.

영적 성장의 단계

영적 완성에 이르는 성장의 과정을 아홉 단계로 나누어 설명할 수 있는데, 이것을 가리켜 천화 구진법이라고 한다. 영적인 성장의 단계는 욕심을 낸다고 빨리 갈 수 있는 것도 아니고, 운이 좋아서 단계를 뛰어 넘을 수 있는 것도 아니다. 자신에게 맡겨진 일에 성실과 책임을 다하며 한 걸음씩 꾸준히 나아가는 것 외에 그 어떤 왕도도 기술도 없다.

초지初知 자신이 누구인지, 자기 삶의 목적이 무엇인지에 대해 의문을 갖게 되는 단계이다. 일상적인 삶에 대해 무상함을 느끼고 근원적이고 변하지 않는 영원한 무엇인가를 찾고자 하는 마음을 갖는다. 이 상태에서 다음 단계인 입지로 넘어가기 위해서는 주위 사람들의 사랑과 정성과 세심한 배려가 필요하다.

입지立知 입지는 삶의 목적을 영적 완성에 두기로 정한 상태이다. 이때 스승이 귀한 것을 알게 된다. 입지의 단계에서는 마음은 확고해졌지만 아직 실천으로까지는 연결되지 않은 상태이다. 몸과 마음이 그릇된 감정과 습관에서 완전히 벗어나지 못했기 때문에 많은 갈등을 겪게 된다. 입

지 단계에서 중단전(혼)이 살아나면 다음 단계로 넘어가
게 된다.

정지正知 정지는 혼이 살아나는 체험을 하는 단계이다. 이
때 자신의 내면에 깃들인 신성과 순수의식을 체험하게 된
다. 혼이 살아나면서 감각이 예민해지기 때문에 음주나
흡연 등 몸에 해로운 습관은 자연스럽게 교정이 된다. 이
단계부터 본격적으로 수련에 몰입할 수 있게 된다.

명지明知 의식이 매우 밝아져서 지식의 힘이 아닌 직관에
의한 지혜와 통찰을 바탕으로 세상의 이치를 알게 된다.
피해의식, 이기심, 자만심 등의 감정과 생활습관 등에 의
해 위축되어 있던 혼이 살아나 밝게 활동하는 시기이다.
이때부터 원리에 의한 삶을 살게 되며, 홍익인간의 3대
공부(원리공부, 수행공부, 생활공부)를 할 수 있게 된다.
이 단계를 견성見性이라고도 표현한다.

영지靈知 혼의 장년기壯年期로 혼이 크게 성장하여 매사에
자신감이 생기는 단계이다. 영적인 능력이 생기기도 하고
누가 보아도 신령스러움이 느껴지기 때문에 사람들이 많

이 따른다.

그러나 이 단계도 가아에서 완전히 벗어난 상태는 아니다. 가르침을 주고받는다는 상대적인 관념에서 벗어나지 못했으며 소유욕이나 명예욕, 자만심이 남아 있는 상태이므로 인정받고자 하고 지배하고자 하는 강한 유혹을 받기도 한다. 이 상태까지 갔다가도 사심을 극복하지 못하고 퇴보하는 경우가 많다.

무사지無思知 혼이 완성되어 천화侒化가 가능한 단계이다. 가아의 상태를 완전히 벗어나 진아의 상태에 이르렀으며 개인적인 공부는 모두 끝난 단계이다. 밝음과 어두움, 있다와 없다 등 상대적인 관념들이 사라진 상태이고, 주관과 객관이 통일된 무無의 자리에 있으므로 감정이나 사심에 의해 유혹을 받지 않는다. 자기의 공功을 기억하지 않으며 명예 등에 대한 집착에서 벗어난 상태이다.

영지 단계 때와는 달리 겉으로는 특별한 점이 전혀 나타나지 않아 보통 사람들은 도인으로서의 그의 면모를 알아보지 못한다. 이 단계에서 익고 익었을 때 천화의 법을 만날 수 있는 인연을 얻게 된다. 이때는 천지를 보고 천시天時를 읽게 되어 자신이 나아가야 할 때인지 떠나야 할 때인지를 알게 되는데, 세상에 나올 때가 아니면 그대로 천화한다. 그러나 천화를 거부하고 다시 세상에 내려오는 자는 대명지에 이른다.

대명지大明知 진정한 의미에서의 깨달음을 말한다. 이 단계에 들어선 사람을 성인이라고 부른다. 사명이 중요한 의미를 갖게 되는 단계이다. 영혼 구제의 사명과 함께 공심, 우주심, 우주의식을 갖게 된다. 큰 사랑과 대자비심을 가지고 무사지로부터 다시 세상으로 나온다.

대자비심이란 우주 본성의 기운에서 나오는 마음이다. 대명지 단계에 이른 사람은 기적을 일으키지 않고 순수한 법法으로 세상을 일깨워주려 한다. 대명지에 이른 사람이 세상 사람들을 볼 때는 혼으로 밖에는 보이지 않는다. 그렇기 때문에 '어떻게 혼의 성장을 이루게 해줄까' 만을 생각하며, 사람들의 혼을 하나하나 키워나간다.

대령지大靈知 세상을 구할 수 있는 큰 지혜가 열리는 단계이다.

천화侇化 혼이 완성되어 우주의 본성과 하나 되는 단계이다. 원래 있던 우주 생명의 자리로 돌아간 상태이다.

신의信義의 의미

영적인 완성과 천화를 목적으로 사는 사람이 목숨보다 귀하게 여겨야 할 것은 신의이다. 신의는 자신의 양심(신성)을 증인으로 한 약속이다. 그렇기 때문에 신의를 저버리는 것은 양심을 저버리는 것이고, 자기 안의 신성을 스스로의 선택에 의해 부인하는 것이다. 자신의 신성을 스스로 부인한 사람이 신성과 하나 되어 완성에 이를 길은 없다. 그는 자신에게 주어진 창조주의 권능을 사용하여 자신의 길을 스스로 닫아버린 것이다.

영적 완성에 이르기 위한 세 가지 공부

영적 완성에 이르기 위한 공부는 크게 세 가지, 원리공부, 수행공부, 생활공부로 이루어진다. 원리공부는 진리에 대한 자각을 의미하고, 수행공부는 그 자각을 몸에 익혀나가는 과정을 의미하며 생활공부는 그 진리를 삶 속에서 현실화하는 것을 의미한다. 이 세 가지 공부를 통해서 혼은 성장하고 결국에는 완성에 이른다.

　이 세 가지 공부 중 가장 기본이 되는 것은 원리공부이다. 원리공부는 책으로 하는 공부가 아니다. 원리공부의 핵심은 조화의 원리를 아는 것이다. 조화의 원리는 누가 만드는 것이 아니라 그냥 그대로 존재하는 이치이다. 내가 알건 모르건, 내가 있건 없건, 시작도 끝도 없이 스스로 존재하는 '법'이고 진리이다. 그것을 아는 것은 이미 주어져 있는 것을 인정하는 것이고, 그렇기 때문에 선택이다. 조화의 원리의 핵심은 공전과 자전의 원리, 구심력과 원심력의 원리, 공평과 평등의 원리이다.

　두 번째는 수행공부로 자신의 행동을 자신의 앎과 일치시켜 나가는 것이다. 이것은 자신의 실체에 대한 자각을 자신의 근육에, 뼈에, 세포 하나하나에까지 각인시킴으로써 자신의 몸과 삶 자체를 진리로 만들어가는 과정이다. 다시 말해 원리인간이 되는 것이다. 원리인간이 곧 도인道人이다. 스스로를 원리와 일체화시켜 나가는 것은 결국 자신이 붙들고 있는 집착과 관념과 욕심들을 놓음으로써 자신을 정화해 나가는 것이다.

　우리 몸에는 수많은 정보가 습관과 기억의 형태로 저장

되어 있다. 태어나면서 가지고 태어난 것들도 있고, 살면서 경험을 통해 얻게 된 것도 있고, 자신도 모르는 사이에 (무의식적인 선택을 통해) 머리 속에 들어와 자리잡은 것도 있다. 수행은 이 모든 정보들을 정화하여 어떤 정보의 찌꺼기도 없는 원래의 순수한 생명을 되찾아가는 과정이다.

세 번째는 생활공부로 깨달음을 사회생활 속에서 실천하고 현실화하는 것이다. 그런데 왜 굳이 사회 속에서 깨달음을 실천해야 하는가? 조용한 산 속에서 명상하는 것만으로는 부족한가? 우리에게 생활공부가 필요한 까닭은 혼의 성장을 평가하고 확인하기 위해서다. 혼은 눈에 보이지 않는다. 눈에 보이지 않는 혼이 얼마나 성장했는지 드러내 주는 것이 바로 성품이다.

성품은 관계 속에서 드러나는 혼의 모습이다. 혼은 눈에 보이지 않지만, 성품이 혼의 성장 정도를 보여준다. 다른 사람과의 관계 속에서 선택을 하고, 그 선택에 대해 평가받고, 평가를 통하여 자신을 돌아보고 다듬어 나가는 중에 우리의 성품이 모양을 갖추게 된다. 이러한 과정에서 때로는 부딪히고 깨지는 고통을 겪기도 하지만, 그러는 중에 조화롭고 덕스러운 성품, 막힘도 걸림도 없는 자유자재로운 성품이 만들어진다.

자신이 깨달음이라고 생각하는 상태에 계속 머물기 위해 일상적인 사회생활을 멀리하는 사람들도 있다. 그러나 현실생활을 떠나서 얻는 것은 결국 자기만족일 뿐, 혼의 성장은 없다.

혼은 깨달음을 실천할 때, 자기 안에서 생기는 스스로에 대한 신뢰와 기쁨과 평화를 먹고 자란다. 그렇기 때문에 성장을 위해서 우리의 혼은 스스로를 표현하고 비출 대상이 필요한 것이다. 남을 위해서가 아니라 바로 우리 자신을 위해서, 우리 자신의 혼을 성장시키고 성장된 혼의 표현으로서 좋은 성품을 가꾸기 위해서, 우리에게는 동료도 필요하고 이웃도 필요하고 공동체도 필요한 것이다.

수행공부의 세 가지 방법

영적 성장을 위한 모든 실천이 수련이고 공부이지만, 좁은 의미에서 '수련법'은 홍익인간의 세 가지 공부(원리공부, 수행공부, 생활공부) 가운데 수행공부를 위한 방법들을 가리킨다. 이 방법들은 크게 지감止感, 조식調息, 금촉禁觸 세 가지로 나뉜다.

첫째, 지감은 느낌을 그친다는 뜻으로 감정의 움직임에

동요됨 없이 마음을 맑고 고요히 가지는 것을 말한다. 잠시라도 눈을 감고 자기 내면에 귀 기울여 보면 자신의 마음이 얼마나 분주한지, 얼마나 쉴새없이 떠드는지 알 수 있다. 이러한 마음의 소음들, 꼬리에 꼬리를 무는 생각과 감정들은 없애려고 해서 없어지는 것이 아니다. 오히려 없애려 애쓸수록 그 소음은 점점 더 커진다.

이 소음으로부터 자유로워지는 방법의 핵심은 마음의 중심을 잡아 그러한 소음들에 쉽게 휩쓸리지 않게 하는 것이다. 고정된 자세로 몸의 균형을 유지하는 요가나 한 가지 물음에 마음을 집중하는 화두 참구, 몸에 의도적으로 고통을 가하는 고행도 모두 마음의 중심을 잡기 위한 수행법들이다. 하지만 이러한 방법들은 어지간한 집중력과 체력이 없으면 견뎌내기 힘들고, 실용성과 대중성에 한계가 있다.

단학에서 활용하는 지감 방법은 몸의 감각과 기를 활용하는 것이다. 기는 쉴새없이 흐르며 우리 몸의 안팎을 드나들고 있다. 하지만 기의 흐름을 감지할 수 있을 때는 뇌파가 알파(α)파 이하로 떨어졌을 때, 다시 말해 생각과 감정이 가라앉았을 때이다. 그렇기 때문에 몸의 감각을 깨워 기운의 섬세한 흐름을 느끼게 하면 누구나 쉽고 빠르게 지감에 들 수 있다.

단학수련에서는 우리 몸 중 특히 감각이 예민한 손에서 시작하여 기운을 느끼게 하고 지감하게 한다. 그러다 나중에는 단전에 몸의 에너지 중심이 형성되어 굳이 애쓰지 않아도 마음을 온전히 붙들 수 있는 상태까지 깊어지는데, 이때부터 본격적인 수련이 시작된다. 우리는 평소 자기 안에서 일어나는 생각과 감정이 자신이라고 알고 살지만, 생각과 감정은 의식의 대양에서 일어나는 파도와 같은 것이다. 지감이 깊어져 마음의 파도가 가라앉았을 때, 비로소 우리는 순수한 우리의 참모습을 보게 된다.

둘째, 조식은 원래 숨을 고른다는 의미이다. 생명의 에너지가 호흡을 따라 우리 몸을 드나들기 때문에 우리는 호흡을 조절함으로써 기운의 흐름을 조절할 수 있고, 기운의 성질과 세기도 뜻대로 바꿀 수 있다. 우리가 우리의 기운을 의도대로 조절할 수 있다는 것은, 우리의 생각과 감정을 마음대로 다룰 수 있게 됨을 의미한다. 단순히 생각과 감정에 이끌리고 동요되지 않는 차원을 넘어서 생각과 감정을 뜻대로 다룰 수 있게 되는 것이다. 이렇듯 단지 바르게 숨을 쉬는 것만으로도 몸과 마음이 맑고 상쾌해져서 몸의 건강과 마음의 평화를 얻고, 나아가 기운의 흐름을 조절하고 마음의 작용을 조절하는 법을 알게 된다.

호흡의 의미는 여기서 그치지 않는다. 정성스럽게 숨을 쉬다 보면 우리는 호흡의 더 깊은 의미, 곧 생명의 참모습을 알게 된다. 호흡은 바로 생명의 가장 구체적인 표현이며 쉼 없이 드나들고 흐르는 숨 그 자체가 바로 생명의 실상이다. 날숨 때 허공과 하나 되고 하늘에 감사하며, 들숨 때 몸과 하나 되고 몸에 감사하다 보면, 어느덧 안팎의 경계가 사라져 안에도 밖에도 머물러 있지 않은 숨 그 자체가 된다. 호흡은 배우지 않아도 태어나면서부터 누구나 다 하는 것이지만, 참 의미를 알게 되면 이처럼 단순하면서도 깊이 있는 수련법이 된다.

단학수련에서는 지감, 행공行功, 운기심공運氣心功의 수련과정이 있다. 처음 이완된 집중을 통해 기운을 느끼는 것에서 시작하여(지감), 호흡을 통해 몸에 에너지가 충만하게 되며(행공), 나중에는 마음의 힘으로 몸에 기를 유통시킴으로써 마음을 사용하는 법을 익히게 된다(운기심공).

셋째, 금촉은 부딪힘을 금한다는 뜻이다. 여기서 부딪힘은 갈등이나 알력, 분쟁 등을 의미하는 것이 아니라 외부의 물리적인 자극이 우리의 감각과 만나는 것을 의미한다. 지각은 외부의 물리적인 자극이 우리의 감각기관과 부딪힐 때 형성된다. 이것이 우리가 눈과 귀와 코와 혀와 피부의 다섯 가지 기본적인 감각을 통해 외부의 정보를 받아들이는 방식이다. 금촉은 그러한 다섯 가지 감각을 통한 외부로부터의 정보 유입(觸)을 금한다는 뜻이다. 이것은 우리의 의식이 내부 깊숙이 몰입해 무의식의 상태에 들어갔을 때 가능한 것으로 흔히 '선정삼매禪定三昧'라고도 한다.

옛날 웅족의 공주가 깨달음을 얻고자 한웅으로부터 쑥과 마늘을 받아 동굴에 들어갔던 것도 바로 금촉 수련을 하기 위해서였다. 감각기관을 통한 외부세계와의 통신을 끊고 의식이 온전히 자신의 내면에 집중되었을 때, 자신 안에 있는 근본적인 생명의 실체를 만나게 되는 것이다.

이것은 뇌의 신경생리학적 기능으로 보자면 우리의 의식이 뇌의 신피질(생각)과 구피질(감정)을 넘어 기본적인 생명기능을 관장하는 뇌간에 까지 이르는 것을 말한다. 특히 뇌호흡 수련 과정에서는 율려진동을 통해 이러한 금촉의 상태에 이른다. 음악과 율동과 이미지들의 유도를 통해 우리의 의식은 순간적으로 뇌간에 접촉하고 격렬한 에너지 체험을 하면서 엑스터시나 기적적인 치유를 경험할 수도 있다.

생각과 감정을 고요히 하고(지감), 호흡을 통해 기운의 흐름과 마음의 작용을 조절하는(조식) 수련 과정들을 통해 자신을 통제하고 자기 뇌를 통제할 능력이 생기면, 뇌 속에 있는 이 무한한 생명의 에너지를 창조의 원동력으로 활용할 수 있게 된다.

단학과 뇌호흡은 지감, 조식, 금촉이라는 우리의 전통적인 수련법과 뇌의 해부학적 구조 및 신경생리학적 기능에 대한 새로운 사실들을 결합하여, 보다 빠르고 쉽게 깨달음을 보편화하기 위한 교육방법으로 개발된 것이다.

깨달음의 세계관 : 천부경과 삼원三元 철학

깨달음의 철학 : 천부경의 재발견

깨달음의 의식을 표현한 철학이 홍익 정신이고 천지인사상이며, 삼원 철학이고 천부天符사상이다. 그리고 이 철학의 핵심을 표현하고 있는 것이 한민족 최고最古의 경전인 천부경이다.

〈한단고기桓檀古記〉에 따르면, 천부경은 원래 9천 년 전

한국桓國에서부터 구전되어 오다가 6천 년 전 배달국倍達國 때에 우리 민족 최초의 문자인 녹도문자(사슴 발자국 모양을 본 딴 문자)로 기록되었고, 이것이 다시 4천4백 년 전 단군조선 때에 이르러 전서篆書로 옮겨졌다. 전서로 된 천부경은 신라의 대학자인 최치원 선생이 한자로 다시 번역함으로써 오늘에까지 전해지게 되었다.

경전이라고는 하나 여느 경전과 달리 천부경에는 섬겨야 할 신도 없고, 그 신에 대한 신비적인 교의도 없다. 천부경의 의미는 여러 차원에서 해석할 수 있지만, 그 철학의 핵심은 크게 세 가지이다.

첫째, 모든 것은 하나에서 시작하여 하나로 돌아가되 그 하나는 시작도 끝도 없다. 둘째, 사람 안에 근본이 되는 하나의 세 가지 모습인 하늘·땅·사람이 모두 들어 있다. 셋째, 이러한 원리적 근거에서 나온 실천적 지침으로서 한 개인이나 한 민족이 아니라 널리 모든 인간과 생명을 이롭게 하라는 것이다. 특히 이 마지막 실천적 지침은 지금부터 5천 년 전 '조선'이라는 이름으로 나라를 세운 단군왕검 때에 이르러, '홍익인간 이화세계'라는 건국이념으로 표현되었다.

'홍익인간 이화세계'의 철학은 인간을 인간답게 만드는

교육이념이면서 동시에 세상을 하늘의 이치(존재의 근본 원리)에 맞게 경영하고자 하는 통치이념이기도 하였다. '세상을 진리화하라(理化世界)'는 말은 이 이념이 지향하는 사회가 앎과 실천이 일치하는 사회, 지식과 현실이 일치하는 사회였음을 말해준다.

이것을 개인적인 가르침이 아니라 국가의 통치이념으로 삼았다는 것은, 진리를 삶 속에서 현실화하는 것을 개인적인 선택에 맡긴 것이 아니라 사회질서 속에 시스템화 하고자 했다는 것을 의미한다. 한인에서 단군에 이르는 역사는, 이러한 이상을 실현하기 위해 먼저 우주의 진리에 맞는 올바른 원칙을 세움으로써 조화의 기초를 마련하고, 두 번째로 그 원칙을 가르쳐 실천하게 하고, 마지막으로 사회 자체가 그러한 원칙에 맞게 돌아가도록 법과 제도를 만드는 과정이었다. 이러한 세 단계의 과정을 가리켜 조화造化와 교화敎化와 치화治化라고 말한다.

조화와 교화와 치화의 역사 속에는 공동체의 구성원 모두가 단지 그 사회에서 태어난 것만으로도, 1) 자신이 누구인지 자기 삶의 목적이 무엇인지를 깨닫고, 2) 자신의 사명을 완수함으로써 스스로의 영적인 완성을 이루고, 3) 자신의 영적인 완성을 통해 자신이 속한 공동체 전체를 이롭게 하는 이상적인 사회의 모습이 구현되어 있다.

'깨달음이 상식이 되는 사회'는 현대단학에서 처음 나온 것이 아니라, 이미 이러한 천부철학의 교육이념과 통치이념 속에 들어 있었던 것이다. 그 뒤 외래문화의 유입과 외세의 지배 속에서 맥이 끊어진 듯 보였던 이 철학은 현대단학에 이르러서 삼원 철학과 홍익문화 운동(힐링 소사이어티 운동)으로 재창조되었다. 그리고 홍익문화 운동 20년 역사의 성과로서 지구 평화의 실현을 위한 보편적인 행동철학인 '평화학'으로 정리된 것이다.

천부경이 제시하는 삶의 궁극적인 목적은 천화伏化이다. 천화는 얼을 깨치고 성장시켜 우주의 본성인 한얼과 하나 되는 것이다. 이것이 '영적 완성'이라는 말의 참 의미이다. 천부경이 설명하는 인간완성의 길을 '천화의 법' 혹은 '천화의 도'라고 하는데, 이것이 단학과 평화학의 기원이다. '천화의 도'는 나중에 '율려도律呂道', '풍류도風流道', '신선도神仙道' 등 여러 가지 이름으로 불리게 되었지만, 모두 천부경의 천지인 정신과 삼원 철학에 뿌리를 두고 있다.

이러한 철학은 같은 신선도라는 이름으로 불리지만 장

생불사를 목적으로 하는 중국이나 일본의 신선도와 다르다. 또 얼을 키우기 위한 방법으로 '홍익인간 이화세계'라는 실천적인 비전을 제시하고 있다는 점에서 인식적 차원의 깨달음을 강조하는 불교와도 구분된다. 그렇기 때문에 천부경은 속세를 떠난 은둔자의 경전이 아니라, 국가의 통치이념과 교육이념으로서 한인桓因의 한국桓國에서 한웅桓雄의 신시배달국神市倍達國을 지나 단군檀君의 조선朝鮮에 이르기까지, 국가 경영의 철학적 기반이 되었다.

우리 민족 고유의 경전인 〈삼일신고三一神誥〉와 〈참전계경參佺戒經〉도 천부경과 더불어 교화와 치화를 위한 철학적 기틀이 되었다. 천부경이 존재의 근본원리와 우주의 기본 질서를 밝혀놓은 것이라면, 삼일신고는 그러한 원리가 현실에서 어떻게 드러나는지를 설명하고, 그러한 원리를 깨달을 수 있는 방법(지감·조식·금촉)을 밝히고 있다. 또한 참전계경은 우주의 근본원리와 부합하는 삶을 살기 위해 사람이 지켜야 하는 여러 가지 규범들을 담고 있다.

철학의 범주로 구분하자면, 천부경이 '존재론'에 해당한다면 삼일신고는 '인식론'에 해당하고 참전계경은 '실천론'(윤리학)에 해당한다고 할 수 있다. 우리 민족 고유의 교육이념과 통치이념은 이와 같은 완전하고 일관되고 통일된 철학적 체계를 갖추고 있었다.

천부경에 담겨 있는 뜻

천부경은 크게 철학적, 수리적數理的, 역학적易學的, 기학적氣學的 방식으로 해석할 수 있다.

천부경은 한 글자 한 글자가 고유의 의미와 에너지를 가지고 있으면서, 전체가 어울려 진화창조進化創造, 생성조화生成造化, 수승화강水昇火降, 본성광명本性光明, 무시무종無始無終의 원리를 설명하고 있다. 천부경은 또한 이러한 원리들을, '율律'의 특성을 보여주는 수학적 대칭성과 '려呂'의 특성을 보여주는 음악적 리듬으로 표현하고 있어 그 형식 자체가 하나의 완벽한 율려를 이루고 있다. 천부경은 율려의 내용을 율려의 형식을 통해 표현하고 있는 것이다.

천부경이 전하는 메시지의 핵심은 '사람 안에 하늘과 땅이 모두 하나로 들어 있다'는 '인중천지일人中天地一'이라는 글귀 속에 있다. 이것은 다시 '시작도 끝도 없는 하나, 모든 존재가 그것에서 나와서 그것으로 돌아가는 하나'를 의미하는 '일一'이라는 한 글자로 귀결된다. 그 의

天符經

一始無始一析三極無
盡本天一一地一二人
一三一積十鉅無匱化
三天二三地二三人二
三大三合六生七八九
運三四成環五七一妙
衍萬往萬來用變不動
本本心本太陽昂明人
中天地一一終無終一

미를 풀이하면 다음과 같다.

一始無始
모든 것은 하나에서 시작하나 그 하나는 시작이 없고

一析三極無盡本
하나가 나뉘어 셋이 되지만 그 다함이 없는 근본은 그
대로이다.

天一一地一二人一三
셋 중 하늘이 첫 번째로 나온 하나이고, 땅이 두 번째
로, 사람이 세 번째로 나온 하나이다.
: 하늘은 우주의 근본 원리를 의미하고, 땅은 질료를 의
미하며, 사람은 원리와 질료를 조화시켜 만물을 생성해
내는 생명 에너지를 의미한다.

一積十鉅無匱化三
하나가 모여 열이 되고, 우주의 기틀이 갖추어지되 모
두 셋으로 이루어져 있으니,

天二三地二三人二三

하늘이 둘을 얻어 셋이 되고, 땅이 둘을 얻어 셋이 되고, 사람이 둘을 얻어 셋이 된다.

: 하늘도 하늘·땅·사람의 세 가지 차원을 가지고 있고, 땅도 사람도 모두 그러하여 전체 존재계는 지지地地에서 천천天天까지 모두 아홉 개의 차원을 갖는다. 이 차원들은 또한 9단계로 이루어진 영적 성장의 과정에도 적용된다.

大三合六生七八九運

크게 셋이 합하여 여섯이 되고, 여섯이 일곱과 여덟을 만들며 아홉에서 순환한다.

: 하늘·땅·사람이 합쳐져서 온갖 사물을 형성하고 진화하고 발전하고 완성에 이른다.

三四成環五七一

셋과 넷이 어울려 고리를 만들고, 다섯과 일곱이 어울려 일체가 된다.

: 수직적 차원인 삼원三元(천·지·인, 위·아래·가운데)에 수평적 차원의 사방四方이 생겨 큰 울타리(우주)가

만들어지고, 그 속에서 수기水氣와 화기火氣가 교류하고
순환하여 살아 움직이는 질서를 만든다.

妙衍萬往萬來用變不動本
만물이 이와 같은 질서 속에 오묘히 오고 가며 온갖 모
양과 쓰임을 지어내지만, 그 근본에 있어서는 변함이
없다.

本心本太陽昂明
본 마음은 태양과 같아서 오직 빛을 바라니
: 본래의 마음에는 밝고 밝은 신성의 빛이 있어서 스스
로 밝음을 구하니

人中天地一
사람 안에 하늘과 땅이 있어 셋이 일체를 이룬다.
: 스스로의 밝은 실체를 깨닫고 보면 자신 안에 하늘과
땅과 사람이 모두 하나로 들어와 있음을 안다.

一終無終一
모든 것이 하나로 끝나되 그 하나는 끝이 없다.

: 하나에서 시작하여 생성과 진화의 과정을 거쳐 다시
하나로 돌아가지만 근본된 하나는 변함이 없다. 이 이
치를 알고 그 근본된 하나와 일체가 되는 것이 완성의
의미이다.

삼원三元의 과학적·철학적 의미

컴퓨터는 소프트웨어와 하드웨어로 이루어져 있다. 소프
트웨어는 정보이고 하드웨어는 그 정보를 표현하기 위한
도구이다. 정보는 디스켓에 자성체의 일정한 배열로 기록
되어 있다. 그러나 소프트웨어와 하드웨어만 가지고는 컴
퓨터를 작동시킬 수 없다. 소프트웨어와 하드웨어를 연결
시켜주고 소프트웨어의 내용을 하드웨어로 옮겨주는 매체
가 필요하다. 그것이 바로 에너지이고, 컴퓨터의 경우에는
전기이다.

우리의 몸도 이와 다르지 않다. 우리의 몸은 70퍼센트
의 물과 단백질, 칼슘, 인 등 모두 평범하고 그다지 값나
가지 않는 물질들로 이루어져 있다. 그러나 그 물질들을
한 데 섞는다고 우리 몸이 만들어지지는 않는다. 우리는
그 성분들을 합친 것 이상의 존재다.

집을 짓기 위해 설계도가 필요한 것처럼, 그러한 물질들을 가지고 우리 몸을 구성하기 위해서는 어찌 어찌 만들라는 지시 내용을 담은 설계도가 필요하다. 그 정보가 기록된 장치를 DNA라고 부른다. 생명 정보는 DNA에 염기의 일정한 배열로 기록되어 있다. 마치 디스켓에 정보가 자성체의 일정한 배열로 기록되어 있는 것과 같다. DNA는 플라스틱 대신 단백질로 만들어진 더욱 소프트한 디스켓이다.

하지만 물질과 정보만 갖고서는 몸이 만들어지지 않는다. 한 쪽에 설계도를 펴놓고 다른 한 쪽에 건축자재를 쌓아놓은 채 양쪽을 번갈아가며 쳐다봐도 집은 지어지지 않는다. 생명이 떠나간 몸의 세포에도 DNA는 있다. 거기에도 정보는 있다. 그러나 정보는 그 자체만으로는 생명 현상을 만들어내지 못한다. 마치 디스켓을 컴퓨터에 넣는 것만으로는 정보가 표현되지 않는 것과 같다.

정보와 질료를 결합하여 생명 현상을 만들어내는 것이 바로 에너지이다. 에너지는 정보가 물질을 통해 스스로를 현실화하도록 해주는 힘이다. 질료(물질)와 에너지와 정보는 우리의 몸뿐만 아니라 모든 존재를 구성하는 세 가지 바탕이다.

이 세 가지는 서로 떨어져 있는 개체가 아니라 하나의 세 가지 다른 모습이다. 그 본래의 하나를 공空이라고도 하고 무無라고도 하고 0이라고도 한다. 이것은 모든 정보와 에너지를 생성해내는 근원이다. 굳이 비유하자면, 무나 공이나 0이 물이라면 정보는 물 위에 생겨난 물결이요 무늬라고 할 수 있다. 정보는 볼 수도 만질 수도 없는 것이고, 어떤 시간적 공간적 위치도 점유하지 않는다(더 정확히 말하면 시간과 공간에 갇혀 있지 않다). 분명 존재하기는 하는데 어떤 시간적 공간적 위치도 점유하지 않는 것, 그것이 정보의 기본적인 성질이다. 정보는 '있다·없다'의 경계선에 위치해 있는 것이다.

수학적으로 보자면 이것은 0의 성질에 해당한다. 정보와 0·무·공의 관계가 물과 물결의 관계라고 하지만, 실질적으로 물과 물결을 나눌 수 없으므로, 정보의 세계를 또한 0의 차원 혹은 0의 세계라 말하는 것이다. 여기서 '물'이라고 표현된 0이나 무나 공은 정보 이전의 세계이다. 그러므로 '있다·없다'를 넘어서 있는 것이고, '있다·없다'로 한정 지을 수 없는 '하나(─)'이다. 이 하나는 모든 존재의 참 모습이고 또한 우리의 본성이기도 하다. 이것을 '한'이라고도 하고 '마음'이라고도 한다.

이 하나(一)의 세 가지 다른 모습을 삼원三元이라 한다. 이를 다시 성性·명命·정精이라고도 하고, 이理·기氣·상像이라고도 하고, 심心·기氣·신身이라고도 하고, 영靈·혼魂·백魄이라고도 하고, 천天·인人·지地라고도 한다. 이처럼 하나는 셋으로 이루어져 있고, 그 셋이 조화를 이루어 모든 것을 생성한다.

시간의 개념을 넘어서 이루어진 일이지만 논리적 순서로 말하자면, 제일 먼저 하늘이라 불리는 허공(性)이 있고, 두 번째로 땅이라 표현되는 질료(精)가 있고, 그 사이에서 사람이라 표현되는 에너지(命)가 움직이며 온갖 정보를 만들어내고, 그 정보가 질료를 통해 형상으로 표현되는 것이다. 이렇게 형상화된 것을 가리켜 우리는 세계라고도 하고 우주라고도 한다.

우리는 무·공이라는 하나(一)를 근거로 해서 형상화된 세계를 인식하게 된다. 무를 배경으로 해서 모든 형상화된 세계가 드러나는 것이다. '있다·없다'라는 상대적 인식은 바로 무라고도 하고 공이라고도 하는 이 절대적인 하나가 있기 때문에 가능한 것이다. 모든 인식의 근거는 지식이나 생각이 아니라, 말과 생각 너머에 있는 이 하나이다. 이것이 '하늘'의 본래 의미이고 우리의 본래 모습이다. 이 하나

라는 스크린 위에 우리가 생각하고 느끼고 상상하는 것들
과 듣고 보고 만지고 냄새 맡고 맛보는 모든 것들이 투영된
다. 이렇게 투영되는 것을 가리켜 우리는 '안다'라고 표현
한다.

삼원三元의 조화에 의해 생성된 모든 존재는 자신 안에
하나의 세 가지 다른 모습인 정보(神), 에너지(氣), 질료
(精)를 모두 포함하고 있다. 하나의 세 가지 모습(三元) 중
에너지(氣)는, 다른 두 가지를 연결시키고 조화시키며, 그
둘의 조화를 통해 모든 사물이 생성되도록 한다. 그러한
작용의 주체를 가리켜 성性·명命·정精에서는 명, 이理·기
氣·상像에서는 기, 영靈·혼魂·백魄에서는 혼이라 한다. 그
리고 하늘·땅·사람 가운데서는 코로 하늘의 기운(天氣)을
마시고 입으로 땅의 기운(地氣)을 먹는 '사람'이 바로 그
조화의 주체이다.

성性·명命·정精 혹은 심心·기氣·신身이라는 존재의 세
가지 근본과 그 세 가지가 서로 어울려 돌아가는 작용을
이해함과 동시에 그 셋이 본래 나뉠 수 없는 하나임을 아
는 것이 삼원론 철학의 핵심이다. 삼원론은 이원론에 단지
숫자 하나를 보탠 것이 아니라, 세계를 통일된 전체로 파

악하는 통합적인 세계관이고 조화와 화합과 평화의 철학
이다.

우리가 이러한 삶의 철학을 가지고 있을 때, 존재의 여
러 차원을 동시에 통합적으로 조망할 수 있고, 대립과 갈
등을 극복하는 조화력을 발휘할 수 있다. 그리고 '지금 여
기'에서 최선을 다하지만 현상에 집착하지 않고 모든 존재
의 독립성을 존중하면서도 근원에 있어서는 모두가 하나
라는 것을 안다.

모두가 하나라는 것을 알기 때문에 누가 시키지 않아도
전체를 이롭게 하고자 하는 마음을 갖는다. 자신의 실체가
육체에 한정되어 있지 않은 영원한 생명이며 스스로가 자
기 삶의 주인이고 창조자라는 사실을 안다. 그렇기 때문에
항상 여유롭고 당당하고 의연하며, 자신의 선택에 대해 책
임을 질 줄 안다.

세 가지의 몸

삼원론에서 말하는 존재의 세 가지 차원을 육체physical
body와 에너지체energy body와 정보체spiritual body라고
도 부를 수 있다. 물론 우리의 육체는 질료substance가 아

니다.

　우리 몸은 이미 질료와 에너지와 정보가 결합되어 빚어 낸 결과물이다. 우리 몸뿐만 아니라 존재하는 모든 것, 풀 한 포기 돌덩이 하나가 모두 그러하다. 그렇지만 우리의 인식이 오감에 묶여 있을 때는 에너지와 정보라는 차원은 파악되지 않는다. 우리가 인식하는 것은 물질화된 형상이요 출력된 정보일 뿐이다. 그것을 육체라고 표현한 것이다. 첫번째 몸인 육체는 볼 수 있고 만질 수 있다. 그것은 오감의 영역에서 체험되는 몸이다.

　두 번째 몸인 에너지체는 보거나 만질 수는 없지만 느낄 수는 있다. 몸과 마음이 충분히 이완되고 그러면서도 의식이 명료하게 깨어있을 때 우리는 자신의 몸을 둘러싸고 있는 에너지장을 느낄 수 있다. 그것은 우리 몸의 안팎을 경계 없이 통하고 있으면서 동시에 우리 몸 주위를 감싸고 있다. 이 에너지장은 키를리안 사진으로 촬영할 수도 있고, 특수한 감각이 있는 사람은 볼 수도 있다.

　세 번째 몸은 오감으로 감지되지 않는 정보의 영역이다. 우리는 정보의 존재를 볼 수도 만질 수도 느낄 수도 없다. 우리가 시간과 공간 속에 가지고 있는 것은 정보를 기록하는 장치이거나 정보가 출력된 형상이지, 정보 자체

가 아니다. 정보는 시간과 공간에 묶여 있지 않다. 절대자
유니 무한한 존재니 하는 것은 이러한 정보체의 차원을 말
하는 것이다.

　이 세 가지가 어울려 나타나는 생명 현상 중 가장 고차
적인 활동이 ‘정보의 생산’이다. 정보가 생산되면(생각·
아이디어가 만들어지면) 그 정보를 현실화하는 새로운 물
질현상들이 이루어진다. 그것은 책을 쓰거나 연주를 하거
나 춤을 추는 것일 수도 있고, 집을 짓거나 새로운 물건을
만드는 것일 수도 있다. 단체나 회사나 국가와 같은 조직
을 만드는 것일 수도 있다. 그 모든 것은 결국 어떤 생각
(정보)을 실천을 통해(에너지를 써서) 현실화(물질화) 하
는 것이다.

　‘심心-기氣-혈血-정精’은 정보·생각이 현실화·물질화
되기까지의 과정을 가장 간명하게 표현한 말이다. 정보를
생산하고 그 정보를 물질화하는 이 모든 과정을 가리켜
‘창조’라고 한다.

기란 무엇인가

우리의 에너지체를 형성하는 실체이면서 정보가 물질을 통

해 형상화 되도록 하는 매체가 에너지이고 기이다. 전기나 자기磁氣도 그 중의 일부이다.

기는 빛과 소리와 파장으로 표현된다. 기가 뭉쳐지면 물질이 되고 형상이 되고 사물이 되고 생명이 된다. 기는 끊임없는 흐름 속에서 뭉쳤다 흩어지며 모든 존재, 모든 생명 현상들을 빚어낸다.

생명 현상은 에너지의 흐름이 만들어내는 크고 작은 소용돌이vortex이고 섬광과 불꽃이며 각기 제 나름의 아름다움을 가지고 피어나는 꽃송이다. 우리 주위의 사물들뿐 아니라 당신과 나의 존재 자체가 기운의 흐름이 만들어내는 일시적인 현상이다.

이와 같이 물질화된 형상 역시 전체 에너지 흐름의 일부이므로 넓게 보자면 모든 물리적 체험은 기적 체험에 포함된다. 그래서 감각을 깨우고 기를 느낀다는 것은, 초자연적이고 신비적인 체험을 하는 것이 아니라, 마치 라디오 튜너의 주파수 대역을 확장하는 것과 같다. 기를 느끼는 것은 감각을 깨우고 의식을 집중하여 우리가 체험적으로 인식할 수 있는 현상의 범위를 물질화된 영역 밖으로까지 더 넓히는 것이다.

우리 몸에는 세 가지의 연결망이 있다. 둘은 잘 알려져 있는데 나머지 하나는 그렇지 못하다. 잘 알려진 두 가지 연결망은 혈관과 신경이다. 혈관을 통해서는 영양분(精)이 흐르고 신경을 통해서는 정보(神)가 흐른다. 혈관이 수도관이라면 신경은 전화선이다.

그런데 양쪽에 수조가 있고 그 중간이 파이프로 연결되어 있다고 해서 물이 저절로 흐르지는 않는다. 물이 흐르기 위해서는 동력이 필요하다. 마찬가지로 전화 두 대가 전선으로 이어져 있다고 해서 정보가 저절로 흐르지는 않는다. 정보가 흐르기 위해서도 동력이 필요하다. 우리 몸에 피와 정보가 돌게 하는 동력원, 그 에너지를 가리켜 '기'라고 한다. 이것이 우리 몸에서 생명 현상을 낳는 가장 기본적인 흐름을 형성하고 있다.

우리 몸에서 '기'가 흐르는 통로를 '경락'이라고 하는데, 이것이 바로 잘 알려져 있지 않은 세 번째 연결망이다. 신경이나 혈관과는 달리 경락은 폐쇄된 통로가 아니다. 경락은 벗어날 수 없는 어떤 고정된 길을 의미하는 것이 아니라 에너지 흐름의 큰 줄기를 말하는 것이다. 경락의 중심부는 에너지의 밀도가 높고 주위로 갈수록 옅어진다.

혈관 안에서 피가 흐르듯이 경락 안에서 에너지가 흐르는 것이 아니라, 에너지의 흐름 자체가 경락을 형성한다.

경락은 또한 신경과는 다른 차원에서 정보가 흐르는 통로이기도 하다. 신경을 통해 전달되는 정보가 혈압, 맥박, 체온과 같은 양적(量的,quantitative)인 정보들이라면, 경락을 통해 전달되는 정보는 '기분' 혹은 '느낌' 등의 질적(質的, qualitative)인 정보들이다.

이와 같이 기는 신경을 통해서 정보가 흐르고 혈관을 통해서 산소와 영양분이 흐르도록 해주는 동력이고, 정보가 물질을 통해 스스로를 표현하도록 하는 매체이며, 기분과 느낌을 전하는 커뮤니케이션의 수단이고 통로이다. 기는 디지털 정보의 빈틈을 채워주는 아날로그 정보로서, 지구상에 있는 수퍼 컴퓨터를 다 동원해서 평생을 채워도 못 채울 두 점(예를 들어 0과 1) 사이의 무한한 공간, 그 빈틈을 채워주는 생명의 연속적인 흐름이다.

기는 생명의 언어이고 느낌의 언어이다. 기는 우리를 모든 존재의 근원인 하나(一)와 연결시켜주는 영혼의 언어이다. 기는 모든 사람이 민족과 사상과 종교의 차이를 넘어 서로 통하게 될 정신문명의 시대를 여는 인류의 새로운 보편언어이고 평화의 언어이다.

모든 것이 하나라는 말의 의미

육체로서의 우리는 서로 분리되어 있는 개체이다. '우리는 모두 하나다' 라는 것은, 물질을 기준으로 해서 보자면 지구적인 규모의 물질대사에나 적용되는 얘기다.

우리가 입에 넣는 토마토 한 조각이 어떤 경로를 통해서 우리 입에까지 오게 되었을까? 애초에 그것의 시작은 무엇이었을까? 내게서 나간 것이 다시 내게로 돌아오고, 결국 돌고 돌다 보면 모두 하나이겠지만, 우리가 그 거대한 순환의 과정을 직접 체험할 수는 없다. 우리의 육체는 그 모든 현장을 경험할 만큼 공간적으로나 시간적으로 자유롭지 못하기 때문이다. 그래서 육체를 중심으로 이루어지는 일상적인 체험의 영역에서는 우리는 서로 분리되어 있다.

모든 것이 하나라는 것은 육체를 넘어선 영역, 에너지체나 정보체의 영역에서 그렇다는 것이다. 에너지체로서의 우리는 나무나 바위와도 쉽게 에너지를 통해 교류할 수 있고, 그것들이 어떻게 느끼는지 느낄 수 있다. 정보체로서의 우리는 에너지체보다 더 빠르고 더 자유롭다. 우리 자신을 구성하는 정보에는 존재계 전체의 진화의 역사가 들어있다. 우리의 삶 자체가 그러한 정보의 일부임과 동시에 우리는 지금도 새로운 정보를 거기에 보태고 있다.

우리가 정보체로서 자신을 이해한다는 것은 단순히 자신을 구성하는 정보의 내용을 안다는 의미가 아니다. 정보는 단지 실체의 표면에 생기는 물결이요 무늬에 지나지 않는다. 그 실체는 물리적으로 표현하면 무한의 에너지를 생산해낼 수 있는 진공眞空이고, 수학적으로 표현하면 무한대(∞)를 담을 수 있는 제로(0)이다. 나는 그 근원적인 실체를 '천지기운 천지마음'으로 표현하였다.

우리가 스스로를 정보체로 인식하는 것은, 단지 자기를 구성하는 정보의 내용을 알기 위해서가 아니라, 정보 너머에 있는 근원적인 실체, 정보를 만들어내고 사용하는 주체를 자각하기 위해서이다. 다시 말하면 육체로 한정되지 않는, 이 육체를 생기게 하고 그것을 도구로서 사용하고 있는 '생명' 그 자체를 체험적으로 인식하기 위해서이다.

이러한 체험을 통해 우리의 내면에는 흔들리지 않는 평화의 힘이 자리잡는다. 여기에서는 삶과 죽음이 나뉘어져 있지 않다. 마치 봄에 새 잎이 나고 가을에 낙엽이 지는 것이 생명 현상의 연속된 과정인 것과 같다. 생명은 봄에 새 잎을 통해 그랬던 것처럼 떨어지는 낙엽을 통해서도 스스로를 완벽하게 표현하고 있다. 봄에 잎이 나고 가을에 그 잎이 떨어질 때, 그 변화의 현상 너머에 흐르고 있는 것은 '홀로 스스로 존재하는 영원한 생명'이다. 그것을 '무'라고도 하고 '공'이라고도 하고 '도'라고도 한다. 이것이 바로 천부경이 말하는 '하나'이다.

천부경 81자를 한 글자로 줄인다면 그것은 '일(一)'이며 '하나'이고 '한'이다. '한'은 모든 것이 그것으로부터 나와서 그것으로 돌아가는 존재의 근원을 가리킨다. 한은 또한 우주의 숨소리를 상징하는 것으로, 우주의 깊고 긴 날숨과 들숨 속에 영원히 이어지는 시작도 끝도 없는 생명 그 자체를 가리킨다. 이것을 아는 것이 모든 철학, 모든 종교, 모든 구도의 핵심이다.

현실적인 차원에서 보면 이 '하나'는 조화로운 질서의 구심점이며, 모든 가치 판단의 기준이다. 상극의 논리이고 자기 파괴의 논리인 이원론적 세계관을 바탕으로 끝없는 경쟁과 대립 속에 외형적 성장만을 추구해온 우리가 회복해야 할 것은, 무엇보다도 바로 이 '하나'이다. 그 하나가 조화의 구심점이고 중심 가치이다.

깨달음의 노래, 아리랑

아리랑은 지역을 넘고 세대를 넘고 이념을 넘어 불리워지는 한민족의 노래이다. 아리랑 가사에는 천부경이 전하는 철학의 핵심이 담겨 있다.

아리랑의 가사는 표면적으로는 자신을 버리고 떠난 님을 원망하는 노래처럼 보인다. 그러나 그 형식 속에 숨겨져 있는 참 의미는 민족적 자아이고 지구적 자아인 '참나'를 잊지 말라는 메시지이다. 그리고 잃어버린 자신을 다시 찾으라는 깨우침이기도 하다.

이러한 정신의 맥이 사라지지 않도록 하기 위해, 누구나 삶에서 가장 아픈 고통으로 기억하고 그렇기 때문에 모든 사람이 정서적으로 공감하고 이해할 수 있는 '별리'라는 상황을 통해 그 철학의 핵심을 전하고 있는 것이다. 깨달음의 철학을 누구나 쉽게 따라 부를 수 있는 친근한 노랫말과 가락에 담아 수천년 동안 전해 내려온 노래가 바로 아리랑이다. 아리랑은 잠든 나를 깨우는 노래요, 모든 인류가 함께 부를 수 있는 깨달음의 노래다.

아리랑 아리랑 아라리요
아리랑 고개를 넘어간다
나를 버리고 가시는 님은
십 리도 못 가서 발병 난다

‘아리랑’에서의 아는 ‘나’라는 뜻을 가진 ‘아我’이고, ‘리’는 이치를 깨닫는다 할 때의 ‘리理’이다. 그리고 ‘랑’은 즐거울 ‘랑朗’이다. 그래서 ‘아리랑’은 ‘나를 깨닫는 기쁨’이라는 뜻이 된다.

‘아我’가 의미하는 ‘나’는 인격으로 표현되는 정보의 집합으로서의 자신이 아니라 그 정보의 껍질 너머에 존재하는 근원적인 ‘나’를 의미한다. 그 ‘나’는 이름이 있기 이전의 ‘나’이고, 개인사가 시작되기 이전의 ‘나’이다. 변하지 않는 실체로서 민족, 종교, 사상, 국가가 생기기 이전부터 존재해 왔던 ‘나’이며 이러한 일시적이고 관념적인 구분들을 넘어서 있는 영원한 존재이다. 그 ‘나’를 알 때 큰 포용력과 자유로움과 사랑이 생겨나며 홍익의 정신을 갖게 된다.

“아리랑 고개를 넘어간다”에서 ‘고개’는 완성을 향해 가는 역경을 의미한다. 자신이 진정 누구인지를 발견하고, 그 진실된 나를 실현하는 일은 쉬운 일이 아니다. 그것은 수많은 ‘아리랑 고개’를 넘어야 하는 힘든 일이다. 그러나 힘이 들어 주저 앉았다가도 다시 일어나 자신이 가야 할 길을 의연히 가는 중에 내적으로 깨달음이 금강같이 굳어진다. 또한 외적으로는 그 깨달음이 자신의 가슴 속에 묻혀버리지 않고 현실 속에서 아름답게 피어날 수 있게 된다.

"나를 버리고 가시는 님은 십 리도 못 가서 발병 난다"에서 '나'는 '아'의 의미와 같은 '참 나'이다. '나를 버리고 가시는 님'은 참 나를 버리고 육체를 중심으로 한 욕망의 삶을 살아가는 사람을 의미한다.

'십 리'는 거리의 의미가 아니다. 삶의 목적지인 영적인 완성을 상징한다. 십이라는 글자는 '열ten'의 의미도 있지만 '결합sex'의 의미도 있다. 결합이라는 의미로서의 십의 가장 깊은 의미는 참 나와 거짓 나가 만나 하나로 합쳐지는 것이다.

그러므로, "십 리도 못 가서 발병 난다"는 것은 완성을 이루지 못하고 중간에 좌절하거나 길을 잃어버리는 것을 의미한다. 나를 잃어버려 생기는 '발병'은 영혼의 병이다. 모든 사람이 '아'를 가지고 있지만, 대부분 그 아가 거짓 나에 가리워져 있고 버려져 있고 실현되지 않고 있다. 그렇기 때문에 수많은 '아'가 외로워하고 아파하고 통곡을 한다. 수 많은 나를 버린 님들이 발병을 앓고 있다.

지금 우리가 살고 있는 이 지구에는 무수한 갈등과 대립과 미움이 존재한다. 차라리 먹을 것이 부족해 싸우는 싸움은 순수한 싸움이다. 그것은 자신이 필요한 것을 채우고 나면 필요 이상으로 상대를 증오하지도 않고 살상하지도 않는다.

지금 지구상에서 가장 잔혹한 싸움은 단지 서로의 생각 차이, 정보의 차이 때문에 생겨난 싸움들이다. 정보가 사람을 죽이고 있다. 종교나 국가나 이념이라는 형태로 사람들의 뇌속에 견고하게 뿌리박고 있는 이러한 관념적 정보들은 토론이나 설득으로 해결되지 않는다. 이 차이를 근본적으로 해결할 수 있는 길은 '참 나'를 아는 길뿐이다.

'아'가 살아날 때 우리는 자유롭게 서로 사랑할 수 있고 진정으로 평화를 실현할 수 있다. 우리의 '아'가 깨어날 때, 우리는 자신의 '아'가 다른 사람의 '아'와 다르지 않다는 것을 알게 된다. 더 나아가 우리의 '아'와 지구의 '아'가 다르지 않다는 것을 안다. 우리들 하나 하나가 한 울(울타리)안에 한 얼(정신) 속에 한 알(생명)임을 안다. 이것이 천부경이 전하고자 하는 메시지의 핵심이고, 지구 평화의 열쇠이다.

4 지구, 지구인

참된 가치의 중심 : 지구

우리가 지향하는 다양한 가치들, 다양한 이해들을 종합할 수 있는 공통의 이해는 무엇일까? 또 이 모든 가치들의 가치를 평가할 수 있는 중심 가치는 무엇일까? 이 땅에 인류 평화를 실현해야 할 우리에게 실질적인 의미를 갖는 그 '하나' 란 과연 무엇일까? 무엇을 중심 고리로 했을 때 과연 모든 인류를 '하나' 라고 말할 수 있을까?

그것은 무도 아니요, 공도 아니요, 0도 아니다. 그것은 신도 아니요, 하느님도 아니다. 그것은 우주도 아니요, 은

하계도 아니요, 태양계도 아니다. 그것은 바로 지구이다. 지구는 단지 우리가 발을 딛고 서도록 주어진 하나의 땅덩이가 아니라, 우리가 추구하는 모든 가치들의 토대이고, 우리 삶의 뿌리이며, 우리의 생명 그 자체이다.

수렴의 구심점, 지구

우리가 추구하는 어떤 가치나 어떤 진리도 지구의 존재를 전제로 했을 때만 성립할 수 있다. 오로지 지구만이 모든 인류의 의식을 하나로 모을 수 있는 중심 가치가 될 수 있다. 우리가 그 동안 중심 가치, 절대적 가치로서 지구의 의미를 제대로 이해할 수 없었던 것은 우리가 인식하고 체험할 수 있는 범위에 비해 지구가 너무 크기 때문이었다. 마치 물고기가 물 속에 있으면서 물의 존재를 모르는 것처럼, 너무 크고 가까이 있기 때문에 그 존재를 느끼지 못했다. 다른 물고기와 경쟁하며 먹이를 다투는 물고기는 오로지 눈앞의 먹이만이 자기 생명의 근원인 듯 여긴다. 몸담고 있는 대양이 자기 존재의 근거임에도 너무나 거대하고 가까이 있기 때문에 그 존재를 느끼지 못한다.

인간도 마찬가지이다. 자신을 유지시켜 준다고 믿는 가

치들을 절대시하고, 그 가치들을 추구하기 위해 서로 경쟁하고 다투는 동안 우리는 진정한 자기 존재의 근원을 까맣게 잊고 살아간다. 모든 가치들의 출발점이며 절대적인 가치인 지구야말로 우리 존재의 가장 확실한 근거라는 사실을 알지 못하는 것이다.

지구를 모든 가치의 중심으로 보는 이러한 인식의 전환이 지구 평화로 가는 길의 가장 중요한 열쇠이다. 지구의 존재와 의미를 제대로 이해하게 되면, 그 동안 우리가 절대적 가치라고 믿어온 종교나 국가는 상대적 가치에 지나지 않는다는 것이 명확해지기 때문이다.

인류 역사를 얼룩지게 했던 수많은 분쟁은 절대적 가치의 지위에 오르고자 하는 상대적 가치들간의 경쟁의 결과라고 할 수 있다. 사실은 상대적 가치인데 절대적 가치의 지위를 가지려 하다 보니 갈등이 생기고 다툼이 생길 수밖에 없었다. 표방하는 가치가 '평화' 라 해도 결과는 마찬가지이다. 하나의 종교나 하나의 국가를 중심으로 한 평화는 서로 부딪칠 수 밖에 없다. 서로의 중심이 다르기 때문에 각자의 평화가 서로 갈등하고 싸우게 된다.

지구를 중심 가치로 인식하고, 모든 종교, 사상, 국가가 상대적 가치의 입장에서 서로를 존중할 때 비로소 참다운 평화의 기초가 형성될 수 있다. 지구에서 이루어지는 우리의 삶에 있어서 모든 가치 평가의 기준은 자신의 인격이나 관념, 사상, 종교, 민족이 아니라 바로 지구이다.

평화 시스템의 작동 원리

어떤 하나의 조직이나 공동체가 조화로운 질서를 유지하기 위해 무엇보다 먼저 필요한 것은 1) 모든 선택 상황에서 판단의 기준이 되는 중심 가치와 2) 그 가치를 현실에 적용하는 지침인 룰 rule 이다. 이러한 룰은 개인이나 조직이 자신의 행동을 선택하고 평가하는 데 필요한 지침이 된다. 지구 평화 시스템이 정상적으로 작동하기 위한 구심점으로서의 중심 가치는 지구이다. 그리고 지구 평화 시스템의 작동 원리는 바로 평화학의 원리로서, 공전과 자전의 원리, 구심력과 원심력의 원리, 공평과 평등의 원리이다.

이 법칙들은 한 개의 원자에서부터 인류 사회와 은하계에 이르기까지, 여러 개체가 한 무리를 이루어 돌아갈 때, 모든 구성 요소들이 지켜야 할 행동의 룰이다. 이 룰이 제대로 지켜질 때 전체가 정상적으로 기능할 수 있다. 중심에 맞추지 않고 자신의 궤도를 지키지 않으면 다른 것과 충돌하게 되고(공전과 자전), 자신의 속도를 제대로 맞추지 않으면 궤도를 벗어나게 되고(구심력과 원심력), 차이에 대한 공정한 평가가 없으면 균형과 조화를 유지할 수 없다(공평과 평등).

우리 몸은 물론 모든 생명 활동이 이런 법칙들을 지킴으로써 유지된다. 우리 몸의 세포는 자동기계가 아니다. 세포 하나하나가 선택권을 갖고 있지만 그 선택의 기준으로 삼는 것은 몸 전체이다. 모든 생명 현상은 강제된 질서가 아니라 자율적 질서를 가지고 있다.

현재 인류 사회가 얼마나 많은 갈등과 대립과 부조화를 안고 있는지를 생각할 때 우리 몸에서 이루어지는 조화는 정말 놀랍다. 세계 인구 전체를 합친 숫자보다 수만 배나 많은 우리 몸의 세포들은 자발적으로 서로 조화를 이루고 질서를 유지해나간다. 이것이야말로 기적 같은 일이다.

그렇기 때문에 생명 현상은 특별하며 귀한 것이다. 우리 몸의 각 장기들과 모든 세포들은 운동의 중심을 몸 전체에 두고(공전과 자전) 전체의 운동에 자신의 운동을 맞추고(구심력과 원심력), 각 세포들의 상태를 정확히 평가하여 모자라거나 넘치는 부분이 있으면 보정feedback 과정을 통해 균형을 회복한다(공평과 평등).

도道가 실현되는 사회

공전과 자전, 구심력과 원심력, 공평과 평등은 우주가 운행되는 원리로서, 하늘의 마음을 표현한 것이다. 이것을 도道라고도 한다. 도가 지켜질 때 질서와 조화가 유지되고, 도가 일그러질 때 혼란과 다툼이 생긴다. 지금 우리가 겪고 있는 평화의 위기는 이 조화의 원리를 잃어버린 데서 비롯되었다.

조화의 원리를 잃어버린 결과가 나(개체)와 세계(전체)를 분리해서 보는 이원론적 세계관이고, 전체의 유익보다 자신의 이익을 먼저 생각하는 이기심이고 개인주의이다. 그 결과가 평화의 위기이고 자연 환경의 위기이고 인류 생존의 위기이다.

우리가 지구를 중심에 놓고 공전과 자전, 구심력과 원심력, 공평과 평등의 법칙들을 지켜야 하는 것은 다른 누구를 위해서가 아니라 바로 우리 자신을 위해서이다. 이러한 법칙을 지키지 않는 어떤 운동도 결코 오래갈 수 없다.

하나의 생명체 내에서 세포도 그렇고, 사회 안에서 개인이나 조직도 그렇고, 지구 전체에서 인류도 마찬가지이다. 유기체 전체를 생각하지 않는 세포, 조직이나 공동체를 생각하지 않는 개인, 지구 전체의 생명의 질서를 생각하지 않는 인류는 존속할 수 없다. 질서의 원리에 어긋나는 개체가 오래가지 못하도록 하는 것이 도의 작용이다.

도의 작용은 우리의 눈에 그 움직임이 드러나 보이지는 않지만, 결코 시기를 늦추는 법 없이 자신의 측량할 수 없는 큰 사랑과 엄정한 자비를 실현한다. 여기에는 사정을 보아 눈감아주는 것도 없고 핑계도 없다. 사실은 그 엄정함이 자비이고 큰 사랑이다. 도의 무정함이 곧 사랑이다. 이것이 하늘의 마음이고, 하나님의 참 모습이다. 도의 자비가 그렇게 엄정하기 때문에 모든 존재가 제자리를 지킬 수 있고, 모든 생명이 안심하고 자신을 실현할 수 있다.

변화의 주체 : 지구인

깨달은 사람 : 지구인, 홍익인간, 뉴휴먼

이러한 삶의 철학을 선택하고, 그 철학의 기본 원칙을 실천하는 사람이 지구인이다. 깨달은 사람, 지구인이 원하는 것은 '홍익'이고, 삶의 목적은 영혼의 완성이다. 영적인 완성은 근원적인 하나와 일체가 되는 것으로서, 자신의 영혼과 지구의 영혼이 하나가 되는 것이다. 완성에 이르기 위해 우리의 영혼은 우리의 의식을 가두고 있는 관념과 집착들, 그 제한된 정보의 감옥으로부터 자유로워져야 한다. 이름·인격·종교·민족·사상 등 자신을 가두고 있는 관념적인 정보들로부터 자유로워지는 가장 빠른 길은 지구인으로서의 정체성을 찾는 것이고 지구 평화의 실현이라는 비전을 갖는 것이다.

스스로를 지구인으로 인식할 때 그 동안 자신을 지배해 온 민족적, 인종적, 종교적, 사상적 편견과 관념을 극복할 수 있다. 지구 평화를 실현하고자 하는 홍익의 철학과 비전을 가질 때, 작은 욕심과 이기심을 넘어설 수 있다. 지구인으로서의 정체성과 지구 평화의 실현이라는 비전을 가지고 양심에 따라 정직하고 성실하고 책임감 있게 사는 것, 그것이 영적 완성에 이르는 가장 빠르고 확실한 길이다. 지구인이 된다는 것은 '모든 것이 하나임을 아는 것'의 가장 구체적인 표현이다. 그것은 지금까지 자기가 생각하던 '나'에서 실제의 '참 나'로 바뀌는 것이다. 지구인이 된다는 것, 지구인으로서 지구를 사랑한다는 것은 무엇을 의미하는가?

가족이나 나라를 사랑하는 것이 단지 집이나 국토를 사랑하는 것을 의미하지 않는 것처럼, 지구를 사랑한다는 것

중심 가치, 지구

지구를 모든 가치의 중심으로 보는
인식의 전환이 지구 평화로 가는 열쇠이다.
그동안 우리가 절대적 가치라고 믿어온
종교나 국가는 상대적 가치에 지나지 않는다.

은 단순히 지구 환경을 보호한다는 의미가 아니다. 지구를 사랑한다는 것은, 우리가 가족의 구성원으로서 가계家系를 보살피고 양식있는 시민으로서 시민의 의미를 다하는 것처럼, 지구를 하나의 공동체로 인식하고, 지구인으로서 긍지를 느끼며 살아감을 의미한다. 동시에 지구 공동체에 대한 자신의 책임과 역할을 다하며, 그것에서 보람과 행복을 느끼는 것을 의미한다.

인류 문명의 지배적 세계관이었던 대립적인 이원론을 극복하는 길은 바로 이러한 자각을 통해서이다. 또한 지금까지 자신의 정체성을 형성해온 민족, 종교, 사상이라는 한계를 넘어설 수 있는 것도 바로 이러한 자각을 통해서이다. 지금 여기에 살아 숨쉬는 자기 자신, 그리고 자기 주위에 있는 모든 것들의 근원이 하나이고, 결국은 그것이 지구라는 사실을 앎으로써, 민족과 사상과 종교와 문화라는 인식의 한계를 넘어설 수 있는 것이다.

우리가 지구를 중심으로 한 큰 가치체계를 받아들일 때, 그보다 작은 가치들의 차이에서 오는 일시적이고 인위적인 구분에 의한 모든 갈등과 적대감이 사라질 것이다. 우리가 진정 지구인일 때, 이념의 차이는 한 공동체 안에서의 사고의 다양성에 지나지 않게 된다. 종교의 차이는 채식을 하는가 그렇지 않는가의 차이보다도 문제가 되지 않는 개인적 취향의 차이에 지나지 않을 것이다. 그리고 민족간의 문화의 차이는 갈등의 요인이 아니라 한 공동체가 가진 문화적인 포용력과 풍요로움의 원천이 될 것이다.

지구인이 뉴휴먼인 이유

우리가 스스로를 지구인으로 정의하는 것은 인간의 의미를 새롭게 발견하고 새롭게 창조하는 인류사적인 사건이다. 이것은 인류 역사상 처음으로 우리가 인간의 참모습이 무엇인지 알고, 인간의 진정한 모습을 현실 속에서 실현하고자 하는 일이다.

우리가 스스로를 지구인으로 인식하는 것은 또한 인류가 스스로 자신의 선택에 대해 완전한 책임을 지는 것을 의미한다. 스스로를 지구인으로 정의하는 것은, 자신의 삶과 자신의 미래 그리고 자신을 포함한 모든 인류와 지구의 미래가 자신에게 달려있음을 깨닫고 그 책임을 기꺼이 감당하겠다고 선언하는 것이기 때문이다.

지구인에게 있어서 모든 가치 판단의 중심은 자신의 양심이고, 지구이고, 평화이다. 양심이 우리 안의 신성으로서 완전한 저울을 의미한다면, 지구는 그 저울의 기준점인

0점에 해당한다. 우리의 저울 눈금을 0에 맞춘다는 것은 지구를 가치 판단의 기준으로 삼는 것이다. 다시 말해 지구를 모든 상대적 가치를 평가하는 절대적 가치로 인식하는 것이다. 가치의 기준을 지구에 맞추고 양심에 따라 판단할 때, 비로소 우리는 우리 자신과 우리의 삶과 우리가 삶에서 경험하는 모든 것을 올바로 판단할 수 있다.

지구인은 지구를 느끼고, 지구의 입장에서 생각하고, 지구를 기준으로 양심에 따라 판단하는 사람이다. 모든 선택 상황에서 지구인은 무엇보다 먼저 자신의 선택이 지구에 유익한지, 지구 평화의 실현에 기여하는지 묻는다. 이러한 인간은 지금까지 지구상에 존재한 인류와는 전혀 다른 새로운 차원의 사람, 곧 뉴휴먼이다. 뉴휴먼은 지구의 미래이고 희망이다.

지구인의 실천 운동 : 힐링 소사이어티 운동

개인적 실천의 한계와 공적인 비전

우리 주위에는 경제적인 보상이나 법적인 강제 없이도, 이웃을 돕고 사회에 봉사하는 선한 사람들이 많이 있다. 이들의 개인적 선행은 많은 사람들에게 귀감이 되기도 하고, 지속적이거나 조직적이지는 못하지만 사회에 일정한 영향을 주기도 한다.

그러나 진실성이나 선의와는 무관하게 개인적인 실천은 일정한 한계를 가질 수밖에 없다. 개인이 개인을 돕는 것은 선의만 있으면 가능하지만, 개인이 조직을 구하기는 쉽지 않다. 더욱이 한 국가 혹은 더 나아가 지구 전체가 대상일 때는 조직화되지 못한 개인의 힘은 미약할 수밖에 없다. 한 개인이 단식을 한다고 인류의 기아문제가 해결되는 것은 아니다. 사회를 치유하고 지구 평화를 실현하고자 할 때는 개인적 선의와 봉사 이상의 조직적이고 적극적인 운동이 필요하다.

지구인은 공적인 비전을 통해 홍익 정신을 실천하고자 한다. 전체를 이롭게 하고자 하는 마음은, 그것이 정말로 진지한 것일 때는, 단순히 개인적인 선의에서 그치지 않고 같은 취지를 가지고 일하는 사람들과 공유된 공적인 비전의 모습을 띨 수밖에 없다. 책임감이 있기 때문에 꿈이 꿈으로 머물지 않고 비전이 된다. 그리고 그 비전이 혼자의 힘으로 이룰 수 있는 것이 아님을 알기 때문에 개성과 취향이 다르고, 민족과 문화와 언어가 달라도 서로 마음을 모아 함께 일하게 된다. 그렇게 함께 일하는 가운데 '지구인'이라는 말이 개념으로서가 아니라 경험적 사실로서 체화된다.

힐링 소사이어티 운동 : 지구인 운동

홍익 정신이라는 건강한 철학을 바탕으로, 자신과 자신이 속한 사회와 인류 전체를 건강하게 하고 지구 평화를 실현하고자 하는, '지구사랑 인간사랑'의 실천 운동이 힐링 소사이어티 운동이고 지구인 운동이다.

여기서 말하는 건강은 단순히 육체적인 건강만을 이야기하는 것이 아니다. 육체적 건강, 정신적 건강, 사회적 건강, 영적 건강, 이 네 가지 차원의 건강이 모두 이루어졌을 때 진정으로 건강하다고 말할 수 있다. 20년 전 안양의 한 작은 공원에서 아침 일찍 사람들에게 기 체조를 가르치는 것으로 시작한 이 운동은 이제 한국에서 3천 개 공원 이상으로 확대되었고, 미국과 유럽, 일본에까지 보급되어 대중적인 사회운동으로 성장하고 있다.

2001년 6월 서울에서 열린 제1회 휴머니티 컨퍼런스는 그동안 한국과 미국에서 전개되어온 힐링 소사이어티 운동의 성과를 총정리하고 지구인의 정신을 널리 알리고 공유하기 위한 행사였다. 이 행사에는 그 동안 각자 자기의 영역에서 지구인의 정신으로 지구 평화를 위해 일해온 많은 지도자들이 참여해, 강연과 토론을 하고 신뢰를 나누었다.

퓰리처상 심사위원장이며 《뉴욕타임즈》 편집주간을 지냈고 현재 콜롬비아대학 언론학 교수인 시모어 타핑 교수, 전 유엔 사무차장이고 현재 유엔평화대학 총장으로서 지구헌장Earth Charter 운동을 주도하고 있는 모리스 스트롱 총장, 전미 흑인 종교지도자협회 의장이고 인권운농가인 와이엇 티 워커 목사, 세계적인 인류학자이며 유니세프 자문위원인 진 휴스턴 박사, 마니토재단 이사장이며 세계적인 환경운동가인 헤나 스트롱 여사, 『신과 나눈 이야기』 시리즈의 베스트셀러 작가인 닐 도널드 월쉬가 패널리스트로 참여하였다. 지구 환경 보호와 세계 평화의 정착을 위해 활동해온 앨 고어 전 미부통령도 특별 게스트로 참석하여 강연을 했다. 이 행사를 통해 지구인 선언문Declaration of Humanity이 채택되었고, 자신이 지구인임을 자각하고 지구인 운동에 동참하겠다고 결심한 3만여 명의 사람들이 이 선언문에 서명을 했다.

이 선언문에서 지구인은 다음과 같은 여섯 가지 항목으로 정의되었다. 1)인류 영혼의 분리될 수 없는 일부로서 본질적이고 영원한 영적인 존재, 2)지구에 사는 모든 사람들의 인권을 보호하는 것에서 자신의 권리와 안전을 찾는 인간적인 존재, 3) 지구에 존재하는 모든 생명의 공동체를 유익하게 하고자 하는 각성과 의지를 지닌 지구의 자녀, 4)이 세상에 존재하는 모든 형태의 분리와 분쟁을 치유할 수 있는 힘과 사명의식을 지닌 힐러Healer, 5)지구가 본래의 조화와 아름다움을 회복하도록 도와줄 책임을 자각한 수호자, 6)자신이 속한 사회를 긍정적으로 변화시킬 사명과 능력을 갖춘 활동가.

나는 이 행사에서 6월 15일을 '지구인의 날'로 채택하자고 제안했으며, 휴머니티 컨퍼런스 이후로 힐링 소사이어티 운동은 더욱 활기를 띠게 되었다. 한국과 미국뿐 아니라 일본과 유럽과 남미에서까지 많은 사람들이 지구인 서명 운동에 참여하고 있다. 서명에 참여한 이들은 단지 지구인으로서 스스로의 정체성을 확인했을 뿐 아니라, 더 많은 사람들과 공유하기 위해 사회 각 분야에서 다양한 실천 운동을 벌여나가고 있다.

가정의 의미와 부모의 역할

힐링 소사이어티 운동에서 특히 강조되는 것은 가정의 중요성과 가정에서의 부모 역할이다. 가정은 사회의 최소 단위로서, 가정의 건강은 사회의 건강을 위한 토대이고, 건강한 가정을 만드는 것이 건강한 인류사회를 만드는 출발점이기 때문이다. 건강한 가정을 만들기 위해 부모가 해야 할 역할은 크게 세 가지로 정리된다.

첫째, 부모는 자녀의 스승이 되어야 한다. 부모는 자녀로 하여금 자신이 누구인지, 자기 삶의 목적이 무엇인지 깨닫게 할 책임이 있다. 스스로가 지구인임을 깨달은 부모가 자녀에게 자신이 지구인임을 알게 해주어야 한다. 부모가 이러한 스승의 역할을 할 때, 깨달음은 정상적인 가정에서 정상적으로 교육 받은 사람이면 누구나 가지고 있는 상식 중의 상식이 될 것이다. 깨달음이 상식이 되는 것은, 부모가 스승의 역할을 제대로 할 때 가정에서부터 이루어진다.

둘째, 부모는 가정의 힐러가 되어야 한다. 부모는 가족의 건강을 스스로의 힘으로 지키고 보호하는 힐러가 되어야 한다. 실제로 우리가 일상 생활 속에서 경험하는 사소한 몸의 이상들을 치유하는 것은 그다지 복잡하지도 어렵지도 않다. 기본적으로 사랑하는 마음이 있고, 거기에 활공(活功-기를 이용한 마사지)과 기공氣功을 비롯한 몇 가지 힐링 기술만으로도 사소한 증세들은 어렵지 않게 치유할 수 있다.

이러한 힐링 기술은 특별한 도구나 장치나 약품을 사용하는 것도 아니고, 전문적인 지식이나 훈련이 필요한 것도 아니다. 더욱 중요한 것은, 이러한 힐링 과정을 통해 치유되는 것은 단지 몸만이 아니라는 사실이다. 아픈 곳을 감싸주고 만져주는 가운데 정이 통하고 마음이 통하며, 말로 표현할 수 없는 부분까지 서로를 더 깊이 이해하게 되고 신뢰하게 된다. 몸을 치유하는 가운데 서로의 영혼을 치유하고 건강하게 하는 것이다.

셋째, 부모는 가정의 레크레이션 리더가 되어야 한다. 부모는 율려문화를 복원하여 신명나는 가정을 만들어야 한다. 건강한 가정, 건강한 사회를 만들기 위해서는 건강한 놀이문화가 있어야 하기 때문이다. 가정에서 건강한 놀이문화가 사라지면서 가족들간의 대화가 사라지고, 집안에서 활기와 신명이 사라져버렸다.

우리는 자신의 몸과 잘 놀 수 있어야 하고, 사람과도 잘 놀 수 있어야 하고, 자연과도 잘 놀 수 있어야 한다. 잘 노는 것이 치유이고, 잘 놀게 하는 것이 힐링이다. 하늘 땅 사람이 모두 잘 어울려 노는 큰 율려의 문화를 만드는 일을 먼저 우리 가정에서부터 시작하여야 한다. 그것이 홍익 가정운동에서 부모가 해야 하는 세 번째 역할이다.

힐링의 의미

힐링에는 개인적 차원에서 하는 힐링이 있고, 사회적 차원에서 하는 힐링이 있고, 지구적 차원에서 하는 힐링이 있다. 개인적 차원에서 하는 힐링은 상한 몸과 마음을 건강하게 하고, 움츠러든 영혼에 희망과 용기를 주어 본래의 완전한 모습을 되찾게 하는 것이다. 다시 말해, 건강과 행복과 깨달음을 주는 것이 개인적인 차원에서의 힐링이다.

사회적인 차원에서 하는 힐링은 모든 사람이 건강과 행복을 누리며 살고, 그러한 자연스러운 삶 속에서 깨달음을 얻고 영적 완성을 이룰 수 있는 율려의 문화를 창조하고 보급하는 것이다.

마지막으로 지구적인 차원에서 하는 힐링은, 인구·자원·환경·제도·문화 등 삶의 모든 영역에 걸쳐 인류 문명이 지속될 수 있는 지구 평화의 기반을 조성하는 것이다.

이러한 세 가지 차원은 서로 분리되어 있지 않고, 하나로 통해 있다. 진정한 힐러란 세상을 치유하는 사람으로서, 이웃의 몸과 마음과 영혼을 치유하고, 자신이 속한 사회에 율려의 문화를 보급하며, 지구 평화를 위해 일하는 사람이다.

실질적인 의미에서 개인의 힐링은 육체physical body와 에너지체energy body와 정보체spiritual body에 상응하는 정精의 병과 기氣의 병과 신神의 병을 치유하는 것이다.

정으로 인한 병은 바르지 않은 생활습관, 특히 좋지 않은 섭생이 주 원인이다. 이것은 음식을 조절하고 피를 맑게 함으로써 치유한다.

두 번째로 기로 인한 병은 스트레스(제대로 관리되지 않은 감정 에너지)가 주 원인이다. 이것은 호흡을 고르게 하여 기의 흐름을 맑고 고르게 함으로써 치유한다. 이러한 치유 과정은 모두 인체의 자연치유력을 이용한 것으로, 스스로의 의지와 힘으로 자신의 몸과 마음을 다스릴 수 있게 하는 것이다.

마지막으로 신에 의한 병은 바르지 못한 생각과 행동이 원인이다. 이것은 원리와 비전에 바탕을 둔 바른 세계관·가치관·인생관을 가짐으로써 치유한다.

개인 힐링의 마지막은 깨달음이다. 자신이 누구인지 자기 삶의 목적이 무엇인지 자각하도록 하는 것이 개인 힐링의 마지막 단계이다. 즉, 지구인으로서의 정체성과 홍익의 철학을 갖게 하는 것이 힐링의 완성이다.

힐링 소사이어티 운동(지구인 운동)은 개인적·사회적·지구적 차원의 힐링을 모두 포함한다. 교육 방법론으로서의 단학과 뇌호흡은, 천지인 사상과 홍익 정신을 기본으로 한 평화 철학을 가르친다. 또한 건강과 힐링에 대한 기본 소양을 교육함으로써 자신과 가족의 건강을 지키고, 이웃과 사회의 건강에 도움을 줄 수 있게 한다.

지구인 운동이 현실적인 힘을 가질 수 있는 이유는 단순히 철학만이 아니라, 이웃을 돕고 사회를 치유할 수 있는 구체적인 기술과 정보를 바탕으로 하고 있기 때문이다. 그러한 철학과 기술과 정보를 가진 사람이 실질적으로 지구인 운동의 리더가 된다. 지구인 운동에서 리더는 힐러이며, 힐러는 바로 평화를 창조하고 평화를 전하는 사람이다.

지구인

내가 지구에 왔노라
지구를 사랑하여 지구에 왔노라
건강하고 아름다운 지구가 병들어 고통받으므로
내가 지구를 위하여 왔노라
나와 함께 많은 사람들이 지구를 사랑하여 왔노라

지구를 위한 새로운 문화와 새로운 정신이 필요함을
우리는 느낀다
이제 지구를 사랑하여 이 지구에 온 사람들이
서로가 가슴을 맞대고 함께 대화할 때가 되었다

문화올림픽을 통하여
지구를 사랑하는 사람들이 모이게 되리라
문화올림픽을 통하여
인류의 의식이 진화되리라
지구를 사랑하고 인간을 사랑하고

모든 민족과 종교와 생명을 존중하는 시대가 도래하리라

아름다운 지구의 새로운 탄생을 그리며
스피리추얼 유엔은 이 지구에 세워질 것이다
인류의 영적인 성장을 위하여 지구가 병들었나니
지구를 사랑함으로써
인류의 의식 성장이 이루어지리라
영적인 성장이 이루어진 사람,
그 사람이 지구인이다

당신이 평화롭지 않다면 지구도 평화로울 수 없다.

지구가 평화롭지 않다면 당신도 평화로울 수 없다.

평화학의 비전

평화학의 목적은 지구 평화를 실현하고 새로운 차원의 정신문명을 창조하는 것이다. 정신문명은 물질문명의 반대편에 있는 문명이 아니다. 물질문명이 낳은 유용하고 긍정적인 성과를 모두 포함하면서 그것을 넘어선 문명이다. 정신문명은 지구의 영혼을 만나고 지구를 중심 가치로 세운 지구인들이, 조화와 화합과 상생의 법칙으로 공존 공영하는 문명이다.

지구 평화를 실현하고 이와 같은 새로운 차원의 문명을 창조하려면 지구 곳곳에서, 민족과 사상과 종교와 문화의 차이를 넘어선 지구인들의 영적인 연대가 이루어져야 한다. SUN(Spiritual UN)은 이러한 연대를 이끌어내고, 그 활동들을 조직화하는 지구인 연합체이다.

SUN은 사회 치유를 통해 자신의 깨달음을 실천하는 전세계 뉴휴먼들의 영적인 연대로서 1억의 뉴휴먼, 1억의 지구인, 1억의 파워 브레인을 대표한다. 영적인 연대를 통해 사회를 힐링하고 지구 평화를 실현하는 사람들의 수가 지구 인구의 1퍼센트만 되어도 인류의 문명이 바뀌고, 지구의 운명이 바뀐다.

지구인 운동 10년의 비전
2001~2010

비전1 ● 평화의 철학과 지구인의 생활 문화가 결합된 '지구인
삶의 모델'을 창조한다.

비전2 ● 홍익 정신을 실천하는 '1억 명의 지구인 네트워크'를
형성한다.

비전3 ● 지구 평화를 실현하고 조화의 문명을 열어나갈 '지구
인 연합체(SUN)'를 창설한다.

평 화 로 가 는 다 섯 번 째 사 다 리

지구인 공동체 SUN

새로운 문명의 모습

인류 역사가 시작된 이래 인류 문명은 줄곧 한 방향으로만 달려왔다. 나와 남을 구분하여 서로를 대립적인 경쟁 관계로 규정하고, 경쟁 상대를 이기고 지배함으로써 자신의 외적인 힘을 키워나가는 것, 이것이 우리 문명이 일관되게 추구해온 삶의 방식이었다. 이렇게 한 방향으로만 달려온 결과 '지속불능'이라는 평가가 내려진 것이 현재 우리 문명이 처한 모습이다. 나는 이것을 '위기의 문명'이라고 진단하였다. 그리고 지금의 위기를 극복할 수 있는 세계관으

로는 삼원 철학과 홍익 정신을, 방법론으로는 단학 및 뇌
호흡과 힐링 소사이어티 운동을 제안하고 실천해왔다.

이러한 세계관과 방법론을 통해 우리가 만들고자 하는 문명은
1) 지구를 중심 가치로 삼아 모든 상대적인 가치들의 대립을 극복
하고, 2) 홍익의 철학을 가진 지구인이 주체가 되며, 3) 조화와 화합
을 성장의 동력으로 하여, 4) 내적인 힘을 키우고 영적인 완성을 추
구하는, 5) 밝고 건강하고 성숙한 문명이다.

정신문명 : 조화의 문명

이러한 문명을 무엇이라고 불러야 할까? 나는 우선 정신
문명이라고 부르려 한다. 정신문명이라는 말이 우리가 창
조해야 할 문명의 특성을 다 설명해주지는 않는다. 그러나
적어도 우리가 극복해야 하는 현 문명의 한계를 명확히 해
주고, 현 문명과 새로운 문명의 차이가 무엇인지를 정확하
게 보여주기 때문이다.

정신문명은 물질적 가치를 배제하거나 경시하는 문명이
아니다. 물질적 가치를 제대로 평가하고 활용하지 않고서
는 정신문명 자체가 존립할 수 없다. 아무리 높은 정신적
가치라 할지라도 그 가치를 지키고 실현할 힘이 없으면 아

무런 의미가 없다. 정신적 가치를 추구한다고 하면 흔히 청빈과 금욕, 반문명反文明을 떠올리지만, 그것은 정신문명의 참모습이 아니라 불완전하고 왜곡된 형태일 뿐이다. 정신문명이라고 하면 곧바로 반문명을 연상하는 것 자체가 이원론적인 인류 의식의 한계를 보여주는 것이다.

평화학이 추구하는 정신문명은 무지한 문명도, 질병과 가난에 시달리는 문명도, 게으르고 나태한 문명도 아니다. 어떤 문명이 물질적인 풍요를 누린다고 해서 그 문명을 물질문명이라고 부를 수 없다. 마찬가지로 물질적 가치 및 과학과 기술을 무시하는 것이 정신문명의 기준이 될 수 없다. 정신문명은 정신적 가치를 추구하는 문명이 아니라, 그러한 가치를 현실화할 수 있는 힘을 가진 문명이다. 정신문명은 밝고 강하고 선한 사람들이 만드는, 밝고 강하고 선한 문명이다.

정신문명은 물질을 배제하거나 부정하지 않고, 성장에 대한 지향을 포기하지도 않는다. 다만 정신문명에서의 물질은 그 자체가 목적이 아니라 내면의 성장을 위한 도구로 쓰인다. 정신문명에서도 여전히 인간은 성장을 지향하지만 성장의 의미가 다를 뿐이다. 여기서의 성장은 소유와 지배로 표현되는 외적인 성장이 아니라, 사랑과 평화로 표현되는 내적인 성장이다. 사랑과 평화의 힘을 키워가는 것이 이 새로운 문명에서 성장의 의미이다.

정신문명은 '물질보다 정신'이라는 우월의식 속에서 나오는 문명이 아니다. 물질문명이 낳은 유용하고 지속가능한 성과들을 포함하면서 그것을 넘어선, 성숙하고 철든 문명이다. 강제력이 아니라 자연 법칙과 조화의 원리에 의해 다스려지는 문명이다. 또한 '공전과 자전, 구심력과 원심력, 공평과 평등'이라는 조화의 원리가 모든 질서의 근본이 되는 문명이다. 정신문명은 곧 조화의 문명이다.

우리가 지향하는 문명은 어떤 모습인가?

우리가 지향해야 할 문명 전환의 방향, 새로운 문명의 모습을 좀더 구체적으로 표현해보면 다음과 같다.

지속 가능하지 않은 문명에서 지속 가능한 문명으로. 물질 자체를 목적으로 삼는 문명에서 혼의 성장을 위해 물질을 활용하는 문명으로. 외적인 성장을 위해 경쟁하고 갈등하는 문명에서 내적인 성장을 위해 조화하고 화합하는 문명으로. 물리적 힘을 키우는 문명에서 성품을 가꾸고 혼을 키우는 문명으로. 경쟁과 성공을 목적으로 하는 문명에서 성장과 완성을 목적으로 하는 문명으로. 이론과 실천이 서로를 부정하는 위

선적인 문명에서 삶이 곧 진리가 되는 정직하고 진실한 문
명으로. 자신까지 파괴하는 문명에서 주위까지 살리는 문
명으로. 파괴력을 힘으로 보는 문명에서 치유력을 힘으로
보는 문명으로.

민족, 종교, 이념이 중심이 되는 문명에서 지구가 중심
이 되는 문명으로. 미국인, 한국인, 중국인, 유럽인이 사는
문명에서 지구인이 사는 문명으로. 기독교인, 불교인, 이
슬람교인, 유대교인이 각자의 신을 섬기는 문명에서 모든
지구인이 자기 안의 신성을 찾는 문명으로. 신을 섬기고
신에게 예속되는 문명에서 신을 활용하는 문명으로. 구원
과 깨달음이라는 환상을 좇는 문명에서 자신 안의 깨달음
을 인정하고 그것을 실천하는 문명으로. 이웃끼리도 마음
을 통할 수 없는 단절되고 소외된 문명에서 지구 전체와
커뮤니케이션을 하는 통通하는 문명으로. 영적 엘리트주의
와 신비주의가 지배하는 문명에서 깨달음이 상식이 되는
문명으로.

우리가 지향하는 정신문명은 이 모든 변화를 포함하고
통합하는 것이다. 이러한 문명이야말로 진정한 의미에서의
지구촌의 시작이고 '인류 문명'의 시작이라고 할 수 있다.

지구와 더불어 사는 삶을 위한 준비

우리가 지구와 더불어 살아가기 위해서는 무엇이 달라져야 하는가? 무엇을 바꾸어야 하는가? 근본적인 변화가 일어나야 할 세 가지 요소는 성품과 습관과 기술이다. 가장 먼저 우리 욕구의 종류와 수준을 결정하는 성품이 달라져야 한다. 그러기 위해서는 성품의 뿌리인 습관이 달라져야 한다. 그리고 우리의 욕구를 실현하기 위해 우리가 사용하는 기술이 달라져야 한다.

지금까지 인류 문명은 주로 기술적인 발전을 통해 자신이 직면한 문제를 해결하고자 했다. 이것은 마치 결정적인 결함을 지닌 엔진은 그대로 둔 채 연료만 다른 것으로 바꾸려는 것과 같다. 우리는 지금의 낭비적이고 자기 파괴적인 삶의 방식은 그대로 둔 채 어떻게든 그것을 유지해보려고 늘 새로운 수단을 찾아 헤맨다.

기술적인 해결은 물론 도움이 되고 필요하기도 하다. 그러나 정말로 중요한 것은 우리가 무엇을 원하는가, 우리가 삶의 목적을 어떻게 설정하는가이다. 기술적인 개선을 위해서는 전문지식이 필요하지만, 삶의 목적을 설정하는 데는 굳이 전문지식이 필요하지 않다. 그것은 선택의 문제이다. 우리 자신의 욕구와 삶의 목적에 근본적인 변화가 일어날 때만, 기술의 변화도 도움이 된다. 우리의 욕구의 종류와 내용을 결정하는 것은 지식이 아니라 성품이고 습관이다. 성품과 습관이 변화하면 새로운 기술을 더 쉽게 받아들이고 편하게 사용할 수 있다. 반면 새로운 기술을 사용하다 보면 성품과 습관도 더 쉽게 자리를 잡게 된다.

성품, 습관, 기술의 변화

그렇다면 성품과 습관과 기술을 바꾸려면 어떻게 해야 하는가?

첫째, 성품의 변화는 깨달음으로부터 시작된다. 깨달음은 육체와 인격이 자신의 전부가 아니라 스스로가 영혼을 가진 존재임을 아는 것이고, 자기 삶의 목적이 무엇인지 아는 것이다. 이러한 깨달음을 통해 자아관과 인생관과 세계관과 가치관에 근본적인 변화가 일어난다. 삼원사상과 홍익 정신은 이러한 변화를 위한 철학적 기초를 제공하고, 단학과 뇌호흡은 체험적인 계기를 제공한다. 철학과 체험, 원리와 수련이 깨달음을 선택할 수 있게 해준다.

둘째, 습관의 변화는 깨달음을 일상 생활 속에서 실천

하는 것으로부터 시작된다. 깨달음은 선택이고, 깨달음의 증거는 행동의 변화이다. 습관이 계속 바뀌다보면 새로운 습관이 만들어진다. 깨달음은 선택이지만, 깨달음을 선택했다고 해서 곧바로 우리의 삶이 달라지지는 않는다. 그 선택을 현실화하고 자신의 삶으로 만들기 위해서는 끊임없는 습관 교정과 연습이 필요하다. 습관을 바꾸기 위한 성실한 노력이 없으면, 일시적으로 변화된 의식도 습관의 관성으로 인해 결국 이전 상태로 되돌아가고 만다. 습관을 바꾸고, 의식의 변화가 구체적인 현실의 변화로 이어지도록 하기 위해 수행의 문화가 필요하고, 수행의 문화를 공유하는 공동체도 필요한 것이다.

셋째, 기술의 변화는 스스로의 힘으로 자신과 가족의 건강한 삶을 지킬 줄 아는 것에서부터 시작된다. 여기에 적합한 기술은 1)전문지식이나 첨단장비에 의존하지 않고 자연친화적이며, 2)사람을 지혜롭게 하고 좋은 성품을 갖게할 만큼 교육적이며, 3)시간과 비용 면에서 효율적이고, 4)인간이 가진 영적인 감각을 최대한 활용하면서 동시에 영성의 개발과 영적인 완성에 도움이 되는 기술이다.

이러한 기술의 가장 적절한 예가 자신과 가족의 건강을 스스로 지킬 수 있는 힐링 기술이다. 활공, 기공, 수지침

등 기를 이용한 생활건강법은 의학적인 근거가 있고 안전하며 쉽기 때문에 누구에게나 권할 수 있다. 이러한 기술들은 누구나 쉽게 배워서 활용할 수 있으며, 우리의 삶에 직접적이고 구체적인 도움을 준다. 이러한 기술을 배우고 활용함으로써 우리는 더 건강하고 자신감 있고 즐겁고 창조적이고 주체적인 삶을 살 수 있으며 이웃과 사회에 봉사할 수 있다.

이러한 기술을 교육하고 보급하는 것은 문명전환의 전략으로서도 중요한 의미를 갖는다. 사회 전체의 시스템을 바꾸는 것은 충격이 따르고 많은 시간과 노력이 들어가지만, 자기 몸을 돌보는 방식은 개인적, 사회적 충격 없이 바꿀 수 있다. 오히려 그러한 변화를 통해 의료비 등 막대한 사회적 비용을 줄일 수 있다는 장점이 있다.

삶의 방식을 바꾸는 일이 사회적으로나 개인적으로 심한 스트레스를 준다면 그 변화가 아무리 필요하다 해도 성공하기 어려울 것이다. 그러나 가장 손쉽고 효과적인 것, 그러면서도 즐겁고 유쾌한 것부터 시작한다면 큰 충격 없이 우리가 필요로 하는 변화를 이룰 수 있을 것이다.

단학과 뇌호흡이 바르게 숨쉬는 법을 가르치고, 힐링 소사이어티 운동이 가정 힐러와 사회 힐러 양성을 가장 핵심적인 활동 목표로 정한 것은 바로 이러한 이유 때문이다.

지구인 운동 10년의 비전 : 2001~2010

지구 평화라는 말 자체는 개념적인 목표이지 현실적인 계획이나 비전은 아니다. 명확한 비전이 없으면 많은 사람들의 지혜와 에너지를 모을 수 없고 모은다 해도 그 구심력이 유지되지 않는다.

평화학은 개념적인 철학이 아니라 행동하는 철학이며, 진실로 평화를 이루어내고자 하는 철학이다. 그러기 위해 단순하고 명확하고 현실적인 지구 평화의 비전을 제시하고자 한다. 지구인 운동을 통해 평화학이 이루고자 하는 비전은 크게 세 가지로 정리된다.

비전 1_ 평화의 철학과 지구인의 생활 문화가 결합된 '지구인 삶의 모델'을 창조한다.

지구인의 삶은 철학만으로, 혹은 특정한 수련법이나 기술만으로 창조되지 않는다. 지구인의 삶은 평화의 철학인 홍

익 정신과 그러한 삶의 철학에 맞는 성품·습관·기술·문
화가 모두 통합될 때만 이루어질 수 있다. 지구인 운동은
모든 지구인이 표본으로 삼을 수 있는 지구인 삶의 모델
을 제시한다. 이 모델은 지구와 더불어 사는 삶을 위한 새
로운 성품, 습관, 기술을 결합한 것으로서 지역적 상황과
조건에 맞게 재창조되고 활용될 수 있을 것이다.

이를 위해 전세계에 3만 6천 개의 지구인 교육정보센
터가 개설될 것이며, 이 교육정보센터들은 각 지역에 맞는
지구인 생활 문화의 정착을 위한 철학적, 기술적, 교육적
자원Resources을 제공하게 될 것이다.

비전 2_ 홍익 정신을 실천하는 '1억 명의 지구인 네트워크'를 형성한다.

인류 문명의 위기를 극복하고 지구 평화를 이루는 일은 소
수의 개인이나 조직이 이룰 수 있는 일이 아니다. 그리고
이미 우리 삶의 조건 자체가 지구화되어 있기 때문에 깊은
산에 들어가 혼자 산다고 지구적인 문제로부터 자유로울
수도 없다. 개인적으로 착하게 산다고 지구 문제에 현실적
인 도움을 줄 수 있는 것도 아니다.

  궁극적으로 인류 문명의 방향을 바꾸고 지구 평화를 이루는 것은 어느 하나의 조직이나, 나라, 국제기구가 할 수 있는 일도 아니다. 그것은 지구 곳곳에서 민족과 사상과 문화의 차이를 극복한 모든 지구인들의 영적인 연대가 이루어질 때 비로소 가능한 일이다. 지구인 운동은 2010년까지 세계 각지에서 홍익 정신을 실천하는 1억 명의 지구인 네트워크를 형성하고자 한다. 이 네트워크는 지구 평화를 실현하는 실질적인 힘이 될 것이다.

비전 3_ 지구 평화를 실현하고 조화의 문명을 열어나갈 '지구인 연합체 SUN를 창설' 한다.

지구인 운동은 2010년까지 전세계 지구인 운동의 연합체인 SUN을 창설하고자 한다. 제1회 휴머니티 컨퍼런스를 통해 1만 2천 명의 지구인 선언으로 출발한 이 연합체는 사회 힐링과 지구 힐링을 통해 깨달음을 실천하는 전세계 지구인(뉴휴먼)들의 영적인 연대Spiritual Union of New Humans로, 국가의 정치적 이해를 넘어서 지구사랑 인간사랑을 실천하는 비정부 민간운동기구들의 영적인 연대Spiritual Union of NGOs로, 그리고 궁극적으로는 여러 민족들이 같은 지구인의 입장에서 서로를 이해하고 인정함으로써 만들어지는 민족간, 국가간의 영적인 연대Spiritual Union of Nations로 성장해 나갈 것이다. SUN은 또한 영적인 유엔으로서 지구 평화의 실현이라는 유엔의 비전을 공유하고, 문화운동 등의 비정치적인 영역에서 유엔의 활동을 지원하게 될 것이다.

영적인 연대로 이어져 있으며 지구 곳곳에서 지구의 미래 문명을 앞당겨 사는 사람들의 수가 지구 인구의 1퍼센트만 되어도 인류의 문명이 바뀌고, 지구의 운명이 바뀐다. 파워있는 뇌를 가진 1억의 뉴휴먼, 1억의 지구인, 그리고 1억의 지구인을 대표하면서 조화의 원리가 중심이 되는 새로운 차원의 정신문명을 창조해가는 지구인연합 SUN. 이것이 평화학과 지구인 운동이 그리는 10년 뒤의 지구의 모습이다.

SUN을 위한 메세지

지구의 밤과 낮을 교차하면서
태양과 달이 그리고 별이 비춘다
그러나 태양은 참다운 태양이 아니고
달은 참다운 달이 아니고
별은 참다운 별이 아니다
태양과 달과 별은 인간의 마음을 밝게 하지는 못한다

세상은 밝은데 어이하여 인간의 마음은 이렇게도 어두운가?
언제까지 이 어둠이 계속될 것인가?
어둠 속에서 방황하는 인생들이여!
여기 영원불멸의 진리가 있다

이 지구상에 있는 어떤 국가도 어떤 민족도 어떤 종교도
그것은 참진리가 되지는 못했다
진리는 보이지 않는 마음 속에 있다

인간을 사랑하라
지구를 사랑하라
모든 국가와 민족의 전통적인 정신과 문화를 존중하라

이것은 지구촌 시대를 이 땅에 세우고
모든 사람의 마음을 밝힐 수 있는
참태양과 달과 별빛이요, 계명이다
이것이 세계문화올림픽의 정신이고 SUN의 정신이다
이것이 시작과 끝을 알리는 계명이고
세상을 구할 수 있는 묘약이다

이제 각국에서 각처에서 의인이 일어나리라
도처에서 도인과 선인과 신인이 출현하리라
종교와 국가의 가치는 지는 해와 같고
이제 지구촌 시대를 알리는 계명성이 밝아오고 있다

하나의 종교와 국가에 집착하는 사람들은
앞으로의 세상에서는 원시인 취급을 받게 될 것이다
모든 종교와 국가, 인류를 포용할 수 있는
큰 시대가 열리고 있다

지구촌 시대가 되면
경쟁하고 지배하고 파괴하는 어리석은 일들은
원시인이 하는 일이 되고
그런 과거를 기억하고 있는 사람들은
부끄러운 마음을 갖게 될 것이다

때가 되었다
준비된 자만이 새로운 시대의 주인공이 될 수 있다

이 메시지를 접하는 사람들에게는 축복이 있을 지어다

내 인생의 화두, 평화

2000년 8월, 맨해튼

2년 전 여름 어느 날 밤, 차를 타고 맨해튼 거리를 지나던 때가 생각난다. 2000년 8월, 전 세계 1천여 명의 종교 및 정신지도자들이 유엔에 모여 세계정신지도자회의를 개최하기 며칠 전이었다.

마침 나는 볼 일이 있어 시내에 나갔다가 맨해튼 거리를 둘러보게 되었다. 차창 밖으로 각양각색의 인종들의 모습이 스쳐지나갔다. 도시의 야경은 화려했다. 그러나 빌딩 숲의 불빛 사이를 바삐 움직이는 사람들의 표정은 어딘지 불안해 보였다. 다른 사람들에 대한 경계의 시선을 애써 감추며 쫓기듯 어딘가로 사라져가는 그들의 모습을 보면서 나는 '평화'라는 단어를 다시 한번 떠올렸다.

'평화… 평화… 평화… 인류는 이 평화라는 단어를 얼마나 오래 전부터 사용해왔을까?'

인류가 만들어낸 말 중에서 평화라는 단어만큼 차원 높은 단어도 없을 것이며 또 평화라는 단어만큼 몸살을 앓고 있는 단어도 없을 것이라는 생각이 들었다. 나는 언어로 표현할 수 있는 가장 고차원적인 인간의 의식 상태가 '평화'의 상태라고 생각한다. 그럼에도 불구하고 인류 역사상

수많은 종교와 국가와 민족이 '평화를 이루기 위해서'라
는 그럴듯한 명분을 내세워 전쟁을 일으키고 평화를 짓밟
아왔지 않은가?

종교가와 정치가의 선동 속에, 전쟁의 총성과 포화 속
에, 사랑하는 가족을 잃어버린 사람들의 울부짖음과 그들
의 가슴에 새겨진 증오와 복수심 속에서 평화라는 단어는
얼마나 깊은 나락으로 추락했는가? 이제 평화라는 단어는
오염이 될 대로 되어 더 이상 사람들의 가슴에 어떤 감흥
도 주지 못하고 있다. 평화라는 말 속에 담긴 순수한 에너
지를 모든 사람의 가슴에 다시 살아나게 할 수 있는 방법
이 없을까?

맨해튼으로는 세계의 종교 및 정신지도자들이 평화를
주제로 한 회의를 하기 위해 속속들이 모여들고 있었다.

'이 모임이 인류 평화에 어떤 영향을 줄 수 있을까? 그
리고 나에게 주어진 개막식 연설에서 이들에게 어떤 메시
지를 전해야 할까?'

그날 밤 나는 숙소로 돌아와 깊은 고민에 잠겼다.

평화…. 이 평화라는 단어는 내 인생의 시작과 끝이라
고 해도 과언이 아니다. 아니 비단 내 인생에 있어서 뿐만
아니라 이 우주가 시작되던 태초의 순간에서부터 인류의

과거, 현재, 미래를 하나의 고리로 꿰뚫고 있는 것이 바로 '평화'라는 단어이다.

인간이 추구해야 할 최고의 가치, 인류가 추구해야 할 최고의 목표는 이 우주 법칙의 궁극적인 단계인 '평화'라는 단어 한 마디 속에 집약되어 있는 것이다.

내 마음의 평화를 얻기까지

그것은 내 인생을 돌아보아도 마찬가지이다. 내가 이 지구에 태어나던 시대적 상황부터가 평화라는 단어에 갈증을 느낄 수밖에 없는 극한 상황이었다.

내가 태어난 해는 1950년, 한국 전쟁이 발발하던 해였다. 강대국이 심어놓은 자본주의와 공산주의라는 이데올로기 때문에 반만년 동안 한민족으로 살아왔던 동족끼리 서로의 가슴에 총칼을 겨누어야만 했다. 평화롭고 아름답던 강산에 대포 소리가 울리고, 같은 피를 나눈 형제끼리 죽고 죽이는 처참한 환경 속에서 나는 태어났다. 전쟁 발발 3년 후 유엔의 도움으로 한국전쟁은 끝이 났지만 나라는 남북으로 두 동강이 났고 어디를 가도 공포와 불신의 분위기가 만연해 있었다.

그 무렵 겨우 말을 할 수 있을 정도의 어린 나이였던 나는 모든 것이 의문 투성이었다. 나는 내가 왜 이 세상에 태어났는지 그것부터가 궁금했다. '나'라는 자아를 인식하던 순간 어린 나이에 갑자기 내 존재 자체에 대한 의문이 일었다.

'나는 지금 왜 여기에 있지?' 하는 의문이 일어났고 어머니에게도 "나는 왜 여기 있어요?"하고 물어보았던 기억이 난다. 처음 내 존재를 인식하기 시작하면서부터 시작되었던 의문, '나는 누구이며 나는 왜 이곳에 와 있는가?'라는 의문은 그 후로도 계속 내 삶 깊숙이 침투했다. 나는 그 의문을 풀기 위한 고민과 방황으로 젊은 날을 보내야 했다. 친구들과 어울리기보다는 혼자 뒷산이나 들판에서 사색에 잠기고 자연과 교류하는 편이 훨씬 더 내 마음을 편하게 했다. 나는 가족들이며 친구들, 이웃들이 삶의 의미와 목적에 대한 고민 없이도 잘 살아가고 있는 모습이 마냥 신기했다.

'어떻게 저 사람들은 사는 이유를 모르고도 아무렇지 않게 잘 살 수 있을까? 왜 나만 삶의 의미를 알기 전에는 더 이상 삶을 지속하기 힘들 만큼 이렇게 고통스러운 것일

까? 내가 잘못된 것일까, 아니면 저 사람들이 잘못된 것일
까? 이 세상에 태어났으면 왜 태어났는지, 무엇을 위해서
살아야 할지 그 이유를 알아야 제대로 살 수 있는 것이 아
닌가?'

방황과 번민 속에 보낸 젊음

그러다 내가 열네 살이 되던 해, 사춘기의 나에게 가장 큰
상처를 안겨 준 사건이 발생했다. 더운 여름날 나는 가기
싫다는 친구를 설득해 동네 저수지에 수영을 하러 갔다.
그런데 수영을 하던 친구가 어느 순간 물속으로 빠져 들더
니 의식을 잃고 말았다. 나는 있는 힘을 다해 친구를 물에
서 끌어냈으나 친구는 깨어날 줄을 몰랐다. 주검이 되어
돌아온 아들의 모습을 본 친구 아버지는 거의 실성한 사람
처럼 지게 막대기를 나에게 휘둘러대었다. 친구를 잃은 충
격과 죄책감으로 넋이 나간 나는 아픔도 느껴지지 않았다.
동네 사람들이 와서 말리지 않았다면 아마 나 또한 그때
맞아 죽었을지 모를 일이다.

　그 일이 있고 난 뒤 나는 한 달 동안 앓아누워 사경을
헤맸다. 죽음에 대한 의문과 공포심이 끊임없이 나를 덮쳐

왔다.

‘인간은 언젠가는 반드시 죽기 마련인데 왜 살아가야 하는 걸까? 도대체 무엇을 위해서?’

그 사건으로 인해 내 인생은 검은 장막이 드리워진 것처럼 암울했다. 삶과 죽음의 의미에 대한 고민은 날이 갈수록 더해갔다. 학교 공부나 친구들과 사귀는 일은 나에게 시들하게 느껴졌다. 마치 큰 어른의 의식이 내 안에 들어와 있는 것처럼 친구들과 장난치고 노는 것이 시시하게만 느껴졌다. 사는 이유를 모르니 세상사가 모두 귀찮고 허무했다. 나와 대화를 나누고 나면 친구들까지도 지독한 염세주의에 물들 만큼 나는 철저히 염세주의자가 되어갔다.

그 당시 나를 더욱 힘들게 했던 것은 자꾸만 선계仙界가 눈앞에 펼쳐지는 현상이었다. 수업 시간에도 그런 현상은 종종 일어났고 일상 생활에 심각한 장애를 겪을 수밖에 없었다. 공부를 하려고 해도 전혀 집중할 수가 없어 대학 입시에도 몇 번이나 실패를 맛보았다. 날이 갈수록 내 삶은 피폐해졌고 마냥 허송세월을 하고 있었다.

교직에 계시던 아버지는 큰아들에 대한 기대가 무척 크셨던 만큼 방황하는 아들의 모습에 크게 실망을 하셨다. 여러 방면으로 뒷바라지를 해주시려고 애쓰시다가 급기야는 정년이 얼마 남지 않은 교직 생활을 그만 두시기까지 했다. "네 삶은 네가 알아서 개척하라."는 의미였던 것이다.

나는 부모님께 죄송한 마음 때문에 서울 생활을 접고 고향에 내려가 집안 일을 돕기로 마음먹었다. 그러던 어느 날 밤 꿈속에 호랑이가 나타나더니 나를 향해 세 번 울음을 울고는 앞산으로 훌쩍 올라갔다. 깜짝 놀라 잠에서 깼다. 그리고는 뇌가 전기에 감전이라도 된 것처럼 갑자기 '이렇게 살아서는 절대 안 되겠다.'는 자각이 번쩍 들었다. 그리고 무언가 의미 있는 일을 해 보자는 결심을 했다.

어떤 일을 할까 궁리를 하는데, 동네에서 조금 떨어진 곳에 있는 쓰레기 더미가 눈에 들어왔다. 그 쓰레기 더미는 동네 사람들이 수십 년 간 쓰레기를 버리던 곳으로 악취가 나서 가까이 가기가 꺼려질 정도였다. 동네 사람들을 위해서 뭔가 좋은 일을 해보자는 생각에 그 쓰레기 더미를 치울 방법을 궁리했다.

어려서부터 나는 삶의 허무함과 외로움을 극복하기 위한 방편으로 밤낮 없이 운동에만 치열하게 전념했다. 그런 덕분에 당시 나는 태권도 3단의 실력자였다. 그래서 밤마다 동네 아이들을 모아놓고 태권도를 가르쳤다. 아이들은 내 말을 부모님 말씀보다 더 중요하게 생각할 만큼 나를 잘 따랐다. 나는 그 아이들을 데리고 쓰레기 더미를 치우기 위한 작업에 들어갔다.

엄청난 양의 쓰레기 더미를 어떻게 치울까 고심하던 나에게 한 가지 묘안이 떠올랐다. 호박 농사에 거름으로 쓰레기를 사용하기로 한 것이다. 호박을 심어 열매를 거두면 동네 사람들에게도 나누어줄 수 있고, 가축들에게도 먹일 수 있으니 두루두루 유익하겠다는 생각이 들었다. 그래서 밤에는 아이들에게 태권도를 가르치고 낮에는 호박 농사를 짓기 시작했다.

나는 아이들을 데리고 집 뒷산 구릉을 일궈 커다란 구덩이 수백 개를 파기 시작했다. 아이들 키만큼 깊게 구덩이를 파고 그 속에 쓰레기들을 날라다 붓는 작업은 정말로 고된 노동이었다. 동네에서 높은 산까지 쓰레기 짐을 지어 나르느라 어깨에 살이 벗겨져도 나는 마냥 행복했다.

그때 비로소 나는 처음으로 삶에서 '행복감' 이라는 것을 맛보았다. 처음에는 쓰레기 냄새만 맡아도 구역질이 났지만 시간이 지나자 쓰레기 냄새가 구수하게 느껴졌다. 세상에 태어나서 처음으로 보람된 일을 하고 있다는 기쁨 때문이었다.

그 해에 호박 농사는 대풍년이었다. 온 동네 사람들에

게 누런 호박을 나누어주고도 처치가 곤란할 정도였다. 쓰레기도 치우고 이웃에게 호박도 나누어주면서 그때 나는 주위 사람들에게 유익한 일을 한다는 것이 얼마나 뿌듯한 일인지 처음 느꼈다. 그것이 내 삶에서 여러 사람에게 '홍익'을 실천하면서 기쁨을 느낀 최초의 경험이었다.

그때 노동의 가치와 근면함과 성실함이란 삶의 자세를 깨닫게 되었다. 그러한 체험을 한 뒤로 내 생활은 그럭저럭 순탄했다. 대학을 나와 임상병리사가 되었고 결혼을 해서 두 아들을 낳았다. 내 인생은 보통 사람들과 별다를 바 없이 자연스럽게 흘러가는 듯 보였다. 하지만 내 가슴 밑바닥엔 여전히 풀리지 않는 삶에 대한 의문이 고여 있었다.

피는 꽃마다 아름답구나

그러다 그 의문이 파도처럼 거세게 요동쳐 내 삶의 항로를 돌려놓은 사건이 일어났다. 평소 철학, 역학, 무예 관련 책들을 즐겨 읽던 나는 어느 날 청계천 고서점에 들러 겉 표지가 불에 타서 떨어져 나가 있는 무예서 하나를 집어들었다. 책을 펴들자 "선禪을 통해 기氣를 터득하면 천하무적이 된다"라는 글자가 눈에 확 들어왔다. 그 구절을 읽는 순간 수십만 볼트의 전류와 같은 강력한 기운이 내 몸 속에 들어와 온몸을 감싸는 것이 느껴졌다. 너무나 놀라운 체험이었다.

서점을 나와 집으로 돌아오는 내내 알 수 없는 기운이 나를 감싸고 있었다. 몸이 공중에 붕 뜬 느낌 속에서 손과 발이 저절로 움직이는 것 같았다. 나는 그 기운을 놓칠세라 차를 탈 때도 조심조심 몸을 움직였고 집에 와서도 몸가짐을 조심하면서 기운에 대한 의식을 놓지 않았다. 그리고 바로 그 다음 날부터 백일 간 새벽마다 뒷산에 가서 수련을 하기로 결심했다.

그때부터 신비한 기운의 세계에서 황홀함을 느끼며 수련을 하는 나날이 시작되었다. 내 몸의 감각이 깨어나기 시작하면서 몸 안에서 맥박이 뛰는 느낌, 혈액이 흐르는 느낌, 온몸에서 일어나는 진동을 느끼기도 하면서 날마다 몸에서 일어나는 여러 가지 형태의 변화를 체험했다.

백일 수련이 끝나기 이삼일 전, 그 날은 영하 20도 정도가 되는 추운 겨울 날씨였다. 명상을 하려고 앉았지만 발끝과 손끝부터 얼어오기 시작했다. 그러나 거기에서 중단을 하면 백일 공부가 모두 허사가 된다는 생각에 절대

포기할 수 없다고 마음을 먹었다.

'내가 살고 싶다고 살 수 있는 것도 아니고 죽고 싶다고 죽을 수 있는 것도 아니다. 모든 것을 하늘에 맡기자.' 하면서 단전에 기를 모으며 호흡을 했다. 시간이 갈수록 몸은 얼어붙어 전신이 마비가 되고 의식은 점점 희미해져 갔다. '이렇게 해서 죽는구나…' 하는 생각이 들었다. 모든 것을 포기하고 내 생명을 하늘에 맡기기로 결심했다. '이제 내가 나를 모두 버리고 하늘 앞에 나를 내놓습니다. 하늘이여, 나를 받아주십시오. 당신을 믿고 내가 여기까지 왔으니…'

이렇게 마음을 먹는 순간 놀라운 일이 벌어졌다. 단전에서 기운이 꿈틀대기 시작하며 열기가 솟아오르더니 온몸으로 열기가 폭발하듯이 돌기 시작했다. 몸이 불덩어리처럼 뜨거워지고 온몸에 김이 무럭무럭 나면서 앉아있던 자리 주변에 있는 눈이 녹기 시작했다.

온몸에 감당할 수 없을 정도로 기운이 뻗쳐 꽁꽁 언 땅에 박힌 소나무를 잡아채는 순간 나무가 뿌리채 쑥 뽑혀나올 정도였다. '내가 정말로 내기를 터득했구나.' 하는 생각이 들었다. 그러나 한편 내기를 터득했지만 삶의 근본적인 문제에 대한 깨달음은 아직 얻지 못했지 않은가 하는 마음의 소리가 들려왔다.

'진리를 깨달으면 무엇하나? 내 삶을 무엇을 위해 써야 할지 아직 깨닫지 못했는데… 설령 그것을 머리로 안다고 해도 실천할 수 있는 힘이 나에겐 없는 것을 …'

결국 나는 마지막으로 100퍼센트 나를 내던져 집중할 수 있는 환경 속에서 정진해보리라 결심했다. 목숨을 바칠 각오를 하고 나는 전주에 있는 모악산母岳山에 들어가 21일간 물만 마시면서 자지도 않고 눕지도 않는 극한 고행에 들어갔다.

음식을 먹지 않는 것은 그런 대로 참을 수 있었지만 가장 견디기 힘든 것은 졸음과의 싸움이었다. 너무나 졸음이 와서 이 산 저 산 계속 걸어다니기도 하고 나무를 잡고 매달려 보기도 했다. 밀려오는 졸음을 참을 수 없어 절벽 끝에 가서 앉았다가 절벽 아래로 굴러 떨어지기도 했다. 그러면 또 다시 절벽 위로 올라가 앉아있곤 했다.

그때 나는 내 안에 있는 수많은 욕망과 관념의 막을 경험했다. 그 막을 하나 뚫고 나면 또 하나가 있고, 그 하나를 뚫고 나면 또 하나가 기다리고 있었다. 극심한 육체적인 고통과 한계 속에서 이제는 정말로 더 이상 견딜 수 없다고 느껴지는 죽음과도 같은 극한 상황을 일곱 번이나 넘졌다.

몸을 초월하면서 나의 의식도 초의식의 단계를 넘나들었다. 의식의 세계에서 완성된 수많은 존재들, 영적인 성인들과 만나 대화를 하기도 했고, 의식을 이동시켜 내부 의식, 외부 의식을 자유자재로 옮겨다니기도 했다. 그러나 내가 원하는 근원적인 의문은 여전히 풀리지 않았다.

고행에 들어간 지 20일 정도 지난 무렵 머리가 깨질 것 같은 극심한 고통이 찾아왔다. 물구나무를 서기도 하고 소리를 지르기도 하면서 그 고통을 없애려고 온갖 시도를 다 해 보았지만 소용이 없었다. 결국 나는 모든 노력을 포기했다. 가부좌를 틀고 앉아 하늘에 모든 것을 맡기는 심정으로 내 몸도 마음도, 고통도 다 내려 놓았다.

그렇게 마음먹는 순간 내 머리 속에서 '쾅' 하는 엄청난 폭발음이 울려왔다. 나는 혹시 내 머리가 산산조각이 난 것이 아닌가 하고 두 손으로 머리를 더듬어보기까지 했다. 머리는 그대로 있었다. 뿐만 아니라 언제 그랬냐는 듯 머리가 빠개질듯한 두통도 사라져버렸다. 폭발음과 더불어 마치 머리가 없어지고 허공이 나에게 내려와 있는 듯 시원한 청량감이 느껴졌다. 그 폭발음은 머리 속에 막혀 있던 마지막 혈이 뚫리면서 나는 소리였던 것이다.

그 순간 내 마음은 한없이 평화로운 가운데 내 안에서 질문 하나가 들려왔다. "나는 누구인가?" 그러자 마치 이전부터 내 안에 준비되어 있던 대답처럼 "나는 천지기운이다."라는 답이 저절로 나왔다. "그러면 내 마음은 무엇인가?" 역시 "나는 천지마음이다"하고 대답이 다시 나왔다. "나는 태어난 적도 없고 죽은 적도 없는 태초부터 존재한 우주의식 그 자체이다. 나는 천지기운이요, 천지마음이다."

나는 깨달음 속에서 나와 우주와 세상 만물이 모두 하나로 물결치는 것을 경험했다. 피는 꽃마다 아름다웠고 존재하는 모든 것이 평화로움 그 자체였다. 나는 비로소 진정한 평화를 체험했다.

깨달음 뒤의 깨달음

그러나 그 깨달음은 단지 깨달음 자체로만 끝나지 않았다. 나는 깨달음에는 반드시 사명이 뒤따른다는 것을 알게 되었다. 깨달음이 한 개인의 깨달음으로만 끝나고 만다면 하늘이 그에게 깨달음을 허락할 이유가 없다. 한 사람만을 자유롭게 하는 진리라면 그것이 진리로서의 가치가 있을까? 현실에서 아무런 힘을 발휘할 수 없는 깨달음이라면 이 세상에서 빵 한조각보다도 쓸모없는 무용지물일 뿐이다.

깨달음 자체에 감격해 할 여유도 주지 않은 채 하늘은 나에게 앞으로 인류가 선택할 수 있는 두 가지 길을 보여 주었다. 하나는 완전히 암흑 속에 뒤덮여 모든 생명이 소멸해 버린 시체더미 같이 황폐해진 지구의 모습이었다. 다른 하나는 인류 의식이 깨어나 서로의 영혼을 사랑하고 축복해 주며 아름다운 정신문명 시대가 열린 지구촌의 모습이었다.

파괴와 타락의 세계를 추구할 것인가, 평화의 세계를 추구할 것인가? 하늘은 두 가지 미래 중에서 어떤 것을 선택할 것인지를 나에게 물어왔다. 깨달음은 다름아닌 바로 선택이었다.

나는 두 번째 미래의 모습을 선택했다. 그와 더불어 그 선택에는 책임과 사명이 따를 것이라는 것도 알았다. 그러나 내가 누구인지, 내 삶의 목적이 무엇인지 안 이상 더이상 망설일 필요가 없었다. 내가 깨달은 것이 진정한 깨달음이라면 그 깨달음은 전달될 것이고 실현될 것이기 때문이다.

나는 깨달았던 그 순간 그 자리에서 나의 생명을 거두

고 곧바로 내 영혼이 왔던 본래 자리로 돌아갈 수도 있었다. 그러나 나는 그것을 선택하지 않았다. 나는 삶을 선택했다. 그것은 평화를 위한 삶이었다.

비록 나의 힘이 부족하지만 나는 최선을 다해 나의 깨달음을 현실 속에서 증명하고 실현해 보이기로 했다. 그리고 정말로 내가 깨달은 것이 제대로 깨달은 것인지, 나 자신도 내 깨달음을 현실 속에서 실험해 보고 싶었다. 나의 깨달음이 진정한 것이라면 현실을 바꿀 수 있을 것이요, 그 깨달음이 완전하지 못한 것이라면 현실을 바꿀 수 없을 것이라고 생각했다. 현실을 변화시킬 수 없는 깨달음이란 진정한 깨달음이 아니기 때문이다. 깨달았다고 하면서 그 깨달음으로 현실을 바꾸지도 못하면서 마치 평생 수도나 하는 것마냥 은거하는 그런 용기 없는 사람이 되고 싶지는 않았다.

초현실적인 세계에서의 깨달음은 반쪽 깨달음이다. 그 깨달음이 현실 세계까지 내려와 현실을 바꿀 수 있을 때 비로소 완전한 깨달음이라 할 수 있다. 이제 나의 깨달음을 실현하는 것만이 내 남은 삶이 쓰여질 수 있는 유일한 목적과 방향이라는 것을 나는 알았다. 그것을 제외한 그 어떤 것에서도 내 삶의 존재 가치를 찾을 수 없었다. 그밖에 다른 길은 죽은 삶이나 다름없다고 여겨졌다.

21일간의 극한 수행 끝에 결국 나는 내가 얻고자 했던 해답을 얻었다. 내가 본 깨달음의 세계에서는 나 혼자만의 평화는 완전한 평화가 아니었다. 평화는 크게 개인의 마음에서 이루어지는 개인의 평화와 사회 구성원 전체, 즉 모든 인류가 누릴 수 있는 전체의 평화 두 가지로 나눌 수 있지만 사실 그 둘은 별개가 아니다. 개인의 평화는 전체의 평화가 이루어질 때 완전한 평화가 되고, 전체의 평화는 개인의 평화가 이루어질 때 의미가 있다. 왜냐하면 개인은 전체라는 테두리 속에 포함된 하나의 개체이기 때문이다.

깨달음의 순간에 내 머리 속에 떠올랐던 활구活句가 있었다.

"우리는 한 얼 속에 한 울 안에 한 알이다."

우리 영혼은 하나의 얼(한 얼), 하나의 영혼으로 연결되어 있다. 또한 하나의 울타리 속(한 울)에 존재하는 각자는 하나의 알맹이(한 알)들이다. 전체가 평화로울 때 진정한 개인의 평화가 이루어질 수 있다는 확신과 함께 나에게 '전체완성이 곧 개인완성'이라는 메시지가 떠올랐다.

그리고 이것은 내 삶의 모든 것을 던져서라도 반드시

실현하리라 다짐했다. 전체완성과 전체의 평화를 실현하
는 길만이 내가 이 지구에 태어난, 그리고 이 지구에서 숨
을 쉬며 살아갈 유일한 명분이었다. 더 이상 나는 깨달음
의 세계에 안주해 있을 수 없었다. 그 길로 직접 행동하고
실천하리라 마음먹었다.

깨달음의 대중화를 위한 단학과 뇌호흡

나는 어떻게 하면 내가 깨달은 바를 사람들에게 알릴까 궁
리하기 시작했다. 처음에는 사람들에게 내가 체험한 진리
를 그대로 알려주면 누구든지 이해하고 함께 내 뜻에 동참
할 것이라고 생각했다. 그러나 깨달음을 어떻게 말로 설명
할 수 있겠는가? 무언가 구체적인 방법을 강구하지 않으
면 안 되었다.

어떻게 하면 사람들이 내가 느낀 것을 그대로 느낄 수
있도록 할 것인가? 인류의 역사와 문화, 종교, 인물 등에
관한 자료를 읽고 나름대로 연구하면서 깨달음을 전할 방
법을 궁리했다. 나는 정치도, 종교도 한계가 있음을 잘 알
고 있었다.

인류 역사 속에서 종교인들은 종교 이기주의로 인해 많

은 싸움을 일으켜왔고 그러한 각 종교의 집단 이기주의 때문에 지금도 지구촌의 평화를 이루는 데 오히려 장애가 되고 있지 않은가? 평화를 이야기하는 종교가 평화의 걸림돌이 되고 있는 아이러니한 현실이다. 물론 깨달았다는 것만으로도 그 사람은 세상의 존경받을 수 있다. 많은 종교인이나 깨달은 사람들이 거기에 큰 의미를 부여하지만 나는 거기에 만족할 수 없었다.

깨달음의 실체는 평화 이외에는 없다는 것, 평화와 관계없는 깨달음은 깨달음이 아니라는 것을 알고 있는 이상 나는 깨달음 그 자체에 안주하고만 있을 수는 없었다. 나는 '행동하고 실천하는 깨달음'을 선택했다.

그렇다면 어떻게 많은 사람들이 나와 같은 깨달음을 얻도록 할 수 있을까? 21일간 내가 했던 과정을 그대로 따라하라고 한다면 누가 끝까지 따라올 수 있겠는가? 내가 깨달음을 얻는 데는 21일이 걸렸지만 깨달음을 전할 방법을 찾는 데는 5년이라는 세월이 소요되었다. 깨달음의 세계를 "아"하고 표현하면 사람들도 "아"하고 알아들어야 하는데 각자의 언어로 이해하니 말이 아닌 다른 특별한 방법이 필요했다.

내가 기를 느끼면서 처음으로 마음의 평화를 체험하고

보이지 않는 세계가 존재한다는 것을 깨달았던 것처럼 사람들도 기를 통해 몸과 마음의 평화를 체험할 수 있도록 하는 일부터 시작했다. 그래서 탄생한 것이 단학과 뇌호흡이다. 이것은 깨달음을 대중화하고자 하는 나의 의지, 평화에 대한 나의 간절한 열망, 이 세상에 대한 나의 연민과 사랑의 결과물이다.

나는 단학과 뇌호흡을 통해 먼저 개인의 평화를 이루는 일부터 시작해나갔다. 그렇게 한 명 한 명 몸과 마음의 건강과 평화를 느끼고 깨달았을 때 그 사람들이 모여 전체의 평화가 이루어지리라는 것을 나는 알았다. 그리고 그 속도는 기하급수적으로 증가할 것이고 언젠가 그 수가 임계질량을 넘으면 인류 전체가 바뀌리라는 것을 확신했다. 그리고 그 임계질량이 바로 1억이라는 숫자이다.

한 사람의 평화가 인류 전체의 평화로

나는 1억의 지구인을 위한 첫 걸음을 한 명의 중풍환자를 상대로 내딛었다. 이른 새벽 집 근처의 작은 공원에 나가 한 명의 중풍환자에게 기 체조를 가르치며 그에게 했던 말이 지금도 기억에 생생하다.

"당신은 비록 한 사람이지만 나에게 당신은 커다란 의미가 있습니다. 당신은 단지 한 개인이 아니라 이 민족과 인류를 대신해서 내 앞에 서 있는 사람입니다." 그때 그 사람은 내 말에 어리둥절해 했을 것이다. 그러나 나에게는 확신과 신념이 있었다.

깨달음을 얻고 5년 동안 총력을 기울여 그것을 전달할 방법을 연구한 끝에 25평이라는 작은 규모의 단학선원을 개원할 수 있었다. 그리고 15년의 세월이 흐른 지금 한국에는 약 300개의 단학선원이 있고 미국을 비롯한 전 세계에 50여 개의 단센타가 개설되어 있다. 나는 이것이야말로 내 깨달음이 이룩한 기적이라고 생각한다.

지금 나는 단학선원의 운영 일선에서 물러나 있고 모든 운영을 제자들이 맡아서 하고 있다. 지금도 단학선원에서는 '뉴휴먼 프로그램'을 통해 '지구인'들이 속속 탄생하고 있다. 한국에서는 학교, 직장, 공원, 군 등 3천여 곳에 단학이 보급되고 있고 나의 뜻에 공감하는 많은 사람들이 1억의 지구인 중 한 명이 되기 위한 운동에 동참하고 있다.

'나와 민족과 인류를 살리는 길'이라는 나의 비전을 20여 년 전에는 누구나 황당하고 허황된 꿈이라고 생각했다.

그러나 지난 2001년에는 국방부와 서울시, 부산시 등으로부터 단학보급을 통한 공헌에 대한 감사장을 전달받았다. 미국에서는 2000년 10월에 출판한 『힐링 소사이어티』라는 책이 세계 최대 인터넷 서점인 아마존닷컴에서 베스트셀러 1위를 기록하기도 했다. 그 영향으로 미국 20여 개 도시에 'Healing Society in Action'이라는 시민운동단체가 결성돼 사람과 지구, 이 사회를 이롭게 하는 일에 많은 사람들이 동참하고 있다. 시카고와 샌디에고 등의 몇몇 학교에서는 뇌호흡을 학생들에게 가르치고 있기도 하다.

한국에서는 뇌호흡 관련 논문을 써서 서울대학교에서 박사 학위를 받은 뇌호흡 박사까지 탄생했다. '뇌호흡'이라는 세상에 없는 신종 단어를 만들어 이제는 뇌호흡 박사까지 탄생하기에 이르렀다.

나는 깨달음을 알릴 수 있는 모든 방법을 동원했다. 과학기술부의 인가를 받은 한국인체과학연구원을 설립하여 가장 효과적으로 뇌를 개발할 수 있는 방법을 연구했다. 결국 깨달음도, 인류평화도 뇌를 어떻게 활용하는가에 따라 달라지기 때문이다.

평화라는 비전을 이루기 위해서 나는 물질문명의 이기도 최대한 활용하기로 했다. 과학기술을 활용하여 깨달음을 전달할 방법을 강구한 결과 나온 것이 진동을 통해 뇌에 파워를 불어넣어 주는 '파워브레인', 뇌파 훈련을 통해 마음을 안정시키고 잠재능력을 개발할 수 있는 'BRQ', 에너지와 마음의 상태를 사진으로 체크할 수 있는 '오라컴' 등이다. 나는 이 뇌호흡 상품들이 전 세계적으로 인간의 두뇌개발과 영성훈련에 기여할 것으로 기대한다.

평화에 대해 얘기만 하고 기도만 한다고 해서 평화가 실현되는 것은 아니다. 나는 나 자신이 '행동하는 평화운동가'가 되기 위해 2000년 2월에 새천년평화재단이라는 비영리법인을 설립했다. 그리고 21세기에는 지구인 정신을 널리 알리는 일이 무엇보다 중요함을 깨닫고 새천년평화재단의 주최로 2001년 6월, 서울에서 제1회 휴머니티 컨퍼런스를 개최했다.

그 대회에는 전 미국 부통령인 앨 고어를 비롯해서 유엔 사무차장 모리스 스트롱, 콜롬비아대 교수이자 전미언론인협회 회장 시모어 타핑, 『신과 나눈 이야기』의 저자 닐 도널드 월시 등 세계 유명인사들이 참가해서 6개 조항의 '지구인 선언문'을 공동 채택했다. 그리고 전 세계 각 도시와 나라 그리고 유엔에서 '지구인의 날'을 제정하도록 하는 운동을 펼치기로 결의했다. 마지막 날에는 '지구인 선언대회'를 열어 외국인을 포함한 1만 2천 명의 지구인이 참가해 스스로 지구인임을 선언했다. 그리고 웹사이트를 통해 전 세계에서 수만 명이 지구인 선언문에 서명을 했다.

그 해 10월 미국 조지아 주 애틀랜타 시에서는 휴머니티 컨퍼런스 등 그동안 내가 벌여왔던 평화운동의 성과에 대해 의미를 부여하고 10월 28일을 '이승헌 박사의 날'로 지정하기도 했다.

많은 사람들은 오늘 이 자리까지 나를 이끌어온 힘이 무엇인지 궁금해한다. 내 영혼에 대한 신뢰와 믿음, 민족에 대한 강한 정체성과 민족혼, 인류와 지구에 대한 사랑과 평화에 대한 깨달음, 이것이 오늘 여기까지 나를 이끌어온 힘이다.

20년 전에 '나와 민족과 인류를 살리는 길'을 이야기하면 사람들은 실현 불가능한 허황된 꿈이라고 웃어넘기거나, 너무 거창한 꿈을 꾼다고 나에게 충고를 하곤 했다. 그때까지만 해도 전쟁의 상흔이 채 가시지 않은 아시아의 작은 나라, 시골에서 상경한 아무것도 가진 것 없는 젊은이가 하는 말을 사람들은 곧이 들으려 하지 않았다.

꿈은 그냥 지켜지는 게 아니다. 그냥 이루어지는 것도

아니다. 그 꿈을 이루기 위해 나는 많은 의심과 오해와 시련을 이겨내야 했고 수많은 불면의 밤을 지새워야 했다. 어려움 속에서 오히려 나는 더욱 전력을 다해 앞으로 나아갔다. 나와 함께 이 비전을 보고 가는 많은 이들에게 꿈과 희망을 주기 위해서였다. 내가 힘을 내지 않으면 우리의 꿈은 무산되고 말 것이라는 의지 속에서 나는 그 시간들을 버텨왔다.

그 과정에서 깨달음을 얻는 것보다 깨달음을 전달하는 일이 몇 백배 어려운 것임을 절실히 느끼기도 했다. 그러나 나는 단 한순간도 희망을 잃어 본 적이 없다. 깨달음을 얻고 나서 지금까지 20년의 세월을 뒤돌아볼 여유도 없이 앞만 보고 숨가쁘게 달려왔다. 한시도 비전이 내 마음 속에서 떠난 순간이 없었다.

평화학은 원리와 신념과 비전, 고난과 외로움, 불안과 번뇌, 눈물과 땀의 역사 속에서 탄생했다. 진흙 속에서 연꽃을 피워내기란 쉽지 않다. 고난과 번뇌와 갈등 속에서도 신념과 꿈을 잃지 않은 사람 앞에 연꽃은 피어난다. 자기 영혼의 모든 것을 쏟아붓고, 피와 눈물을 통해 피어난 꽃은 아름답고 향기가 짙으며 세상을 감동시킨다.

한국과 미국, 세계 속에서 하나의 비전을 향해 나아가

는 나의 제자들과 더불어, 그리고 홍익공동체를 통해서, 인간사랑 지구사랑의 비전은 하나하나 실현되어 왔다. 이제 우리는 평화의 꽃밭을 일굴 준비가 다 되어있다. 이제 비로소 언덕 위에 오른 느낌이다.

나는 하늘이 생명을 허락하는 한 이 길을 끝까지 갈 수밖에 없다는 것을 안다. 또한 앞으로도 이 지구인 운동이 평화학과 함께 전 세계로 퍼져나갈 것을 확신한다. 10년 후 이 지구상에 SUN이 세워져 정신문명 시대가 열리고, 우리의 후손들이 바톤을 이어받아 지구에 영원한 평화의 시대를 꽃피울 수 있도록, 그 토대를 마련하는 작업을 해나갈 것이다.

지금까지 내가 한 일은 시작에 불과하다. 그 비전을 이루기 위해 해야 할 많은 일들이 많은 사람을 기다리고 있다. 나는 지금 평화의 세계로 가기 위한 사다리를 놓는 작업을 하고 있다. 그리고 그 사다리를 만드는 데 많은 사람들이 동참하기를 원한다.

내가 삶의 목적을 찾았을 때 느꼈던 환희는 엄청난 것이었다. '지구'야 말로 이 세상에서 가장 큰 비전이다. 지구상에서 지구보다 더 큰 비전은 찾을 수 없기 때문이다. 어차피 한 번 왔다가 가는 삶을 지구평화를 위해서 살아간다면 그것만큼 가치 있는 삶이 어디에 있겠는가?

　지구를 살리기 위한 평화운동, 1억의 지구인을 엮어내는 지구인 운동의 촉매제로 이제 평화학을 세상에 내놓는다. 이 평화학이 깨달음에만 머물러 있는 것이 아니라 깨달음을 구체적으로 실천할 수 있는 문으로 들어가는 열쇠가 되었으면 하는 바람이다.

　2년 전 여름, 맨해튼 거리의 풍경을 바라보며, 유엔에서 개막식 연설을 할 때 세계의 수많은 정신지도자들 앞에서 무슨 얘기를 할까 생각에 잠겼던 순간 문득 내 가슴 속에 울려왔던 노래가 있다.

　피는 꽃마다 아름답구나
　인간의 평화 우주의 평화
　슬픔과 고통 사라졌으니
　마음의 평화 이루어보세

　하는 말마다 아름답구나
　하는 행동이 아름다우니
　마음의 평화 이뤄졌으니

지상천국을 이루어보세

가는 곳마다 평화롭구나
종교와 종교 형제 됐으니
사상과 사상 하나가 되어
인류의 평화 이루어보세

이 노래는 15년 전 내가 단학을 보급할 때 직접 작사를
해서 지금은 단학과 뇌호흡 수련을 하는 사람들이 애창하
는 〈단학인의 노래〉가 되었다. 지금은 이 노래를 〈평화의
노래〉, 〈지구인의 노래〉라고 부르기도 한다.

이 노래를 지을 당시 나는 이 땅에 평화가 이미 다 이
루어진 모습을 상상했다. 그 후로 15년 동안 나는 내가 보
았던 평화의 세계를 현실로 옮기기 위해서 줄기차게 노력
했다. 깨달음을 얻었던 20년 전이나 지금이나 내가 하는
얘기는 하나도 다를 게 없다. 이 노래 속에 담겨있는 의미
그대로일 뿐이다.

비로소 나는 유엔에서 내가 전달할 메시지를 명확하게
떠올렸다. 그것은 바로 인류의 영원한 평화를 기원하는
〈평화의 기도〉였다.

평화를 사랑하는 나의 동지들에게, 지구인들에게, 진정한 정신문명시대의 꽃이 이 지구촌에 피어나기를 소망하는 당신의 영혼에게 이 기도를 바친다.

평화의 기도

나는 이 평화의 기도를
기독교의 신에게 드리는 것도 아니요
불교의 신에게 드리는 것도 아니요
이슬람교의 신에게 드리는 것도 아니요
유태교의 신에게 드리는 것도 아닙니다
모든 인류의 신에게 드립니다

우리가 기원하는 평화는
기독교인만의 평화나
불교인만의 평화나
이슬람교인만이 평화나
유태교인만의 평화가 아니라
우리 모두를 위한
인류의 평화이기 때문입니다

나는 이 평화의 기도를

우리 모두 안에 살아계신 하느님,

우리를 기쁨과 행복으로 충만하게 하시고

우리를 온전케 하시며

우리로 하여금 삶이 모든 인류를 위한

사랑의 표현임을 이해하게 하시는

하느님께 드립니다

어떤 종교도 다른 종교보다

더 우월하지 않으며

어떤 진리도 다른 진리보다

더 진실되지 않으며

어떤 국가도 지구보다 크지는

않기 때문입니다

우리로 하여금 우리의 작은 한계를 벗어나도록, 그리하여

우리의 뿌리가 지구임을

우리가 인도인이나 한국인이나 미국인이기 전에

지구인임을 깨닫도록 도와주소서

신은 지구를 만드셨지만

그것을 번영하게 하는 것은 우리의 일입니다
이것을 위해 우리는
우리가 어떤 나라의 국민이거나
어떤 인종이거나 종교인이기 전에
지구인임을 깨달아야 하며
우리가 우리의 영적인 유산 속에서
진정으로 하나임을 알아야 합니다

이제 종교의 이름으로 가해진
모든 상처들에 대해 인류 앞에 사죄함으로써
그 상처를 치유합시다.
이제 모든 이기주의와 경쟁을 벗어날 것을
그래서 신 안에서 하나로 만날 것을
서로에게 약속합시다

나는 이 평화의 기도를
전능하신 신께 드립니다.
우리가 우리 안에서 당신을 발견하게 하시고
그리하여 언젠가 당신 앞에
하나의 인류로서 자랑스럽게 설 수 있게 하소서

나는 이 평화의 기도를

모든 지구인들과 함께

지구의 영원한 평화를 위해 드립니다

홍익인간 이화세계

2000년 8월 유엔 세계정신지도자회의 개막식에서 '평화를 위한 지구인의 기도'를
올렸다.

밝게 빛나는 초록빛 눈물 한 방울

"초록빛 눈물은 인류와 지구를 걱정하는 지구 어머니의 눈물입니다.
초록빛 눈물은 인류 평화를 생각하는 모든 선한 사람들의 눈물입니다.
초록빛 눈물은 국가와 종교와 민족을 초월하여 이 땅에 평화가
이루어지기를 바라는 순수한 어린아이와 같은 마음의 눈물입니다."

바람이 분다

음산한 바람이 분다

진한 피 냄새를 풍기며 거대한 폭풍 되어

이 아름다운 지구를 집어삼키려 한다

테러와 전쟁의 바람이다

학살과 살인, 방화의 피 냄새와

연약한 아이들과 노인들의 비명소리

순수하고 선한 사람들의 절망

희망의 빛은 사라지고

사악한 어둠이 우리를 덮고 있다

학살자들의 눈초리
자살 테러범들의 증오심
미움과 원한의 눈물들
악이 악을 부르고 저주가 저주를 낳는다

왜 이러한 일들이 계속되어야만 하는가?
평화에 대한 간절한 바람이,
인간의 자비와 사랑이 거짓이란 말인가?
신의 자비와 사랑과 평화는 어디로 갔는가?
이대로 가면 지구의 운명이
얼마 남지 않은 것을 누구나 공감하고 있다
파멸의 구렁텅이로 달려가고 있는
이 우주에서 가장 아름다운 별 지구가
은하계에서 사라지려 하고 있다
이 지구는 인간만의 지구가 아닌 것을…

아, 이 때 지구를 향한 큰 사랑이
밝게 빛나는 초록빛 눈물이 되어
그 눈물 한 방울 지구를 향해서 떨어지고 있다
평화의 메시지를 담고 떨어지고 있다

사랑과 평화의 눈물
밝게 빛나고 있는 초록빛 눈물 한 방울
그 의미는 무엇인가?
모든 사람의 영혼의 심처에서 들려오는 생명의 소리
이 초록빛 눈물 한 방울에 희망을 갖는다

미국의 테러 사건, 중동의 상황, 김해공항의 비행기 추락 사건 등 최근 일어
나고 있는 국내외의 심상치 않은 정세를 걱정하면서 명상을 하던 중 받은 메
시지를 게송으로 표현하였다. 지금 인류에게 단 하나의 희망과 빛이 있다면
그것은 사랑과 평화의 메시지, 모든 사람의 영혼의 심처에서 들리는 생명의
소리라는 메시지를 담고 있다. 지구를 살릴 '초록빛 눈물'을 가진 사람을 만
나고자 하는 저자의 간절한 바람을 담은 시이다. 〈편집자 주〉

신명나는 세계 문화의 새 중심광명

오늘의 인류는 이 순간에도 질식窒息으로 죽어만가고 있다. 즉 숨(呼吸)으로 죽어만가고 있다. 숨이 막혀 그 생명이 끊어지고 있는 것이다.

보라. 흑인 소년은 하루에도 수백 수천이 굶어서 죽으니 육신의 사死요, 백인의 소녀는 풍요로우면서도 줄줄이 집단 자살로 목숨을 끊으니 그대로 정신적 망亡이다. 이처럼 흑인도 백인도 소년도 소녀도 함께 육체적으로 죽고 정신적으로마저 다시 죽으니, 그대로 온 인류에 절박한 세기말적 사망을 의미한다.

하지만 사이불망死而不亡은 인자지수仁者之壽요 사후부생死後復生은 생명生命 이상의 바로 활명活命이다. 그렇기에 인자仁者가 사이불망死而不亡으로 수壽할 때 바로 그 인자의 나라 우리 군자국君子國은 저 불사조不死鳥(國)와 같이 그 생명이 영원하리라.

이처럼 생명生命과 활명活命이 만나 이루는 생활의 기氣(생기生氣, 활기活氣)는 한 마디로 호흡으로 상징된다. 호흡은 이처럼 자강불식自强不息 지성불식至誠不息 등으로 이어지며 진행하는 불식하는 생명의 조기調氣요, 바로 활성活性이다.

천명지天命之 위성謂性, 즉 우리 인간의 성性은 천명天命으로부터 받았다. 그러니 인간의 성性에 바로 천天이라는 실체가 거기 살아 있다. 즉 살아 있는 하늘인 것이다. 이때 그 하늘은 이理요, 성性은 기氣이다. 그러니 우리 인간의 성城을 잘 조기調氣로 수양修養 향상시킬 때 본래의 천天을 다시 회복할 수 있으니, 그것이 바로 솔성지率性之 위도謂道하는 그 도道이다.

도는 이처럼 솔성을 통한 인간의 활성이며, 그대로 이理와 기가 하나로 만나 조화하는 이이일二而一의 묘합妙合이다. 그것은 곧 천天과 성性의 만남이니 성리性理는 천天(신神)과 인人 (후천後天)의 만남이니 그대로 천인합일天人合一이다.

우주는 일기一氣요 우리의 인체가 하나의 소우주일제 끊임없이 불식하는 호흡은 바로 그 도요, 이같은 도를 이 기묘합理氣妙合으로 끝없이 진행하게 하는 활성의 생리生理가 바로 뇌이다.

바로 여기서 뇌호흡은 그대로 소우주인 나의 인체를 통해 온 우주일기宇宙一氣로 진행된다. 온 우주를 채우고 있는 대기가 만유 앞에 일기一氣로 만나며 조화를 이룰때, 그 섯이 바로 세계평화의 실현이니 의여미재猗歟美哉라. 뇌의 호흡이여 ….

이때 천天은 일一이요 성性은 이二로서 일체一切며 만유의 평화는 그대로 다多이다. 그러니 뇌호흡은 일체一切로서의 성性을 일一로서의 천天으로 연결시키며 다시 그것을 다多의 평화로 실현하니, 그 논리는 그대로 저 '일즉일체一卽一切 다즉일多卽一' 그것이다. 바로 여기서 우리는 오늘의 세계 평화 그 실체를 찾아야 한다.

세계 평화란 바로 이화세계의 실현이니 그것이 곧 우리 인간에서 저 홍익인간의 가치를 전제로 한다. 이처럼 인간과 세계가 하나로 만나며 홍익과 이화의 조화를 이룰 때 그것은 그대로 온 우주를 내 자아의 일신一身으로 연결시키는 저 '일체유심조一切惟心造'라는 도의 일관一貫으로 실현된다.

　즉 시간 공간의 만남이 우주이니 천天이 있어 가능하고, 천天과 지地의 만남이 세계이니 우리 인人이 있어 가능하고, 남男(부父)과 여女(모母)의 만남이 우리 인간이니 심心이 있어 가능하고, 다시 성性과 신身으로 구성되어 있는 나의 육신은 그 실체가 바로 중中이다.
　여기서 내 육신의 중中과 인간의 심心이 서로 만나 중심을 이룰 때 그 중심으로부터 출발하여 홍익인간 이화세계라는 평화의 일원一圓을 그리니 바로 이 평화를 통하여 온 우주의 시간과 공간은 '무종일無終一'의 유구悠久 무강無疆으로 영원하다.

　저자 이승헌 박사는 한 사상 세계 평화를 위해 이미 『한국인에게 고함』이라는 그 무성無聲의 대음大音을 편 바 있다. 이제 그 실현의 대도大道를 이처럼 밝게 '뇌의 호흡'으로 다시 가리키니 그 대도는 무문無門이다. 문門이 없이도 인류가 함께 갈 수 있는 평화의 대도임이 여기 확실하다. 참으로 감하感荷로웁다.

　우리들 인방仁邦의 군자국君子國은 유래由來로 그 문화가 소중한 세계의 간방艮方이었다. '지어간止於艮 시어간始於艮'이라 즉 세계사의 대단원은 이 간방에서 마치면서 새로운 시작을 마련한다. 그렇기에 바로 이 신천년의 새 중심광명임이 분명하다. 이 때 광光은 분명 동방의 빛이지만 명明은 진정 '뇌호흡'으로 밝혀야 할 온 인류의 내명內明의 평화 그것이기에 그 평화의 광명이 너무나도 사모思慕로워 여기 일단一端의 무사蕪辭로나마 그 송하의 뜻을 미침微沈으로 첨添하는 바이다.

임오년壬午年　봄에

성균관장 최창규

숨쉬는 평화학

초판 1쇄 발행 2002(4335)년 4월 1일
초판 7쇄 발행 2013(4346)년 2월 8일

지은이 · 이승헌
펴낸이 · 심정숙
펴낸곳 · (주)한문화멀티미디어
등록 · 1990. 11. 28. 제 21-209호
주소 · 서울시 강남구 논현 2동 277-20 논현빌딩 6층 (135-833)
전화 · 영업부 2016-3500 편집부 2016-3507
http://www.hanmunhwa.com

© 이승헌, 2002. Printed in seoul, Korea
ISBN 978-89-5699-152-8 03810

Peaceology

나와 인류와 지구를 살리는 평화학